Amantes de una noche

MICHELLE CELMER

Thorndike Press • Waterville, Maine

Published in 2006 by arrangement with Harlequin Books S.A.
Publicado en 2006 en cooperación con Harlequin Books S.A.

Thorndike Press® Large Print Spanish.
Thorndike Press® La Impresión grande española.

The tree indicium is a trademark of Thorndike Press.
El símbolo del árbol es una marca registrada de Thorndike Press.

The text of this Large Print edition is unabridged.
El texto de ésta edición de La Impresión Grande está inabreviado.

Other aspects of the book may vary from the original edition.
Otros aspectros de éste libro podrían variar de la edición original.

Set in 16 pt. Plantin.
Impreso en 16 pt. Plantin.

Printed in the United States on permanent paper.
Impreso en los Estados Unidos en papel permanente.

Library of Congress Cataloging-in-Publication Data

Celmer, Michelle.
    [Seduction request. Spanish]
    Amantes de una noche / by Michelle Celmer.
        p. cm. — (Thorndike Press large print Spanish)
    ISBN 0-7862-8365-3 (lg. print : hc : alk. paper)
    1. Title.   II. Series: Thorndike Press large print Spanish series.
PS3603.E456S4318 2006
    813´.6—dc22
                                     2005031409

Amantes de una noche

Capítulo uno

—**A** pesar de tu dinero y tu fama siempre serás basura para la gente de esta ciudad, Conway.

La llamada se cortó y Matt Conway apagó su móvil, con una sensación de amargura. Debería haber imaginado que su regreso despertaría esa reacción, que mucha gente no lo aceptaría y, sin embargo, le seguía doliendo. A pesar de todo lo que había conseguido en la vida, volvía a sentir el rechazo que tanto le dolió de niño.

Intentando olvidarlo, se colgó el móvil en el cinturón y miró el interior del restaurante, en obras, pasándose un pañuelo por la frente. Respirando el olor a madera de pino, esperó sentir la satisfacción de haber conseguido algo que se había ganado con su propio esfuerzo. Aquél sería el restaurante número veinte en la cadena Touchdown y, sin embargo, en su ciudad natal, Chapel, Michigan, tenía un significado especial. Era un símbolo.

El chico que había crecido en la peor zona de la ciudad tenía ahora tres mansiones en tres países diferentes. Había cambiado el viejo cacharro de su juventud por una colección de coches antiguos por la que cualquier coleccionista daría un dineral. Había logrado casi todos sus objetivos.

¿Por qué, se preguntó, un hombre que había conseguido todo lo que se había propuesto sentía tal insatisfacción? ¿Por qué sentía que, en el fondo, era, como había dicho aquel llamador anónimo, basura? Trabajaba doce horas al día, hasta que no podía más y, sin embargo, no experimentaba ninguna sensación de triunfo. Nunca experimentó la sensación de que, por fin, el vacío de su vida se había llenado.

Estaba seguro de que aquel restaurante sería la clave. Si lo terminaba, claro, porque cada día amanecía con un nuevo problema. Debían abrir el día 1 de septiembre, en dos meses, y ya llevaban tres semanas de retraso.

Había demasiadas cosas en juego. Aunque con un restaurante siempre existía la posibilidad de fracasar, en aquella ocasión las probabilidades estaban más en su contra que nunca.

Chapel, Michigan, una pequeña ciudad de diez mil habitantes, no era precisamente conocida por su vida nocturna. El restaurante y sala de juegos Touchdown se llenaría de clientes de las ciudades vecinas o fracasaría el primer año.

Era un riesgo que Matt estaba dispuesto a aceptar. Un riesgo que debía aceptar.

Alguien lo llamó entonces y volvió la cabeza, sonriendo al ver que era su mejor amigo, Tyler Douglas. Ty se acercó en dos zancadas y le dio un abrazo de oso.

—No sabes cómo me alegro de verte. ¿Cuánto tiempo hace... seis meses desde que estuve en California?

—Por lo menos.

—Bueno, ¿y qué tal? ¡Es la primera vez que vuelves a casa en once años!

—Las cosas han cambiado mucho por aquí.

Pero no tanto como para no sentirse, de nuevo, rechazado. Matt tenía la impresión de que, cuando la gente lo miraba, veía a sus padres. En California, la gente veía a un hombre que tenía todo lo que podía desear, pero allí...

Sinceramente, no podría estar más desilusionado.

—Debería haber imaginado que no ibas a quedarte de brazos cruzados —sonrió Ty, mirando alrededor—. Las obras han progresado mucho, ¿no?

—Gracias por estar pendiente de todo, amigo. Y no sé cómo darle las gracias a tus padres por venderme el local. Sé que ha sido de tu familia durante muchos años... y en la calle Mayor. No podría haber encontrado un sitio mejor que éste.

—Pero qué dices. Tú eres parte de la familia —sonrió Ty, apoyándose en la pared que separaría el restaurante de la sala de juegos—. Por cierto, tengo que pedirte un favor.

—Lo que tú digas —dijo Matt.

—Quiero que seduzcas a mi hermana.

Matt tuvo la sensación de que se le paraba el corazón. La hermana de Ty, Emily, era la última mujer en el mundo a la que querría seducir... o, más bien, a la que debería seducir.

—Estás de broma, ¿verdad?

Ty se puso serio.

—Sé que tuvisteis una pelea poco antes de irte a California, pero quiero que me escuches.

«Una pelea» no fue precisamente lo que hubo entre Emily y él. Más bien, le rompió el corazón. Pero haberla hecho creer que había alguna esperanza para su relación habría sido deshonesto. A pesar de lo que sentía por ella, Emily merecía más de lo que él estaba dispuesto a dar. Y aunque habían jurado seguir siendo amigos, las cosas nunca fueron igual después de aquella noche en el lago.

Él nunca volvió a ser el mismo.

Pero tendría que escuchar a Ty antes de

decirle que no. Matt se cruzó de brazos, esperando.

—Dime.

—Hay un problema con el novio de mi hermana.

Una sensación muy parecida a los celos se instaló en su corazón. Pero era lógico que Emily tuviese novio. Habían pasado once años. Lo normal era que saliese con alguien.

Sin embargo, un hombre podía soñar...

No, no debería soñar cosas así. Él quería que Emily fuera feliz. Merecía ser feliz.

—¿Qué problema?

—Ella quiere casarse y tener hijos, pero el tipo no tiene prisa por comprometerse. Es una relación que no va a ninguna parte. Yo creo que, en el fondo, mi hermana no es feliz, pero no quiere admitirlo. Sólo haría falta un empujón para que se diera cuenta del error que va a cometer. Y ahí entras tú.

—¿Qué quieres que haga?

—Que pases algún tiempo con ella. Estando contigo se daría cuenta de lo feliz que puede ser sin Alex. Mis padres y yo hemos intentado convencerla, pero ya sabes lo obstinada que es. Seguirá con él aunque sólo sea para demostrar que estamos equivocados.

—Ty, yo no quiero formar una familia. Si

eso es lo que Emily quiere, no lo va a encontrar conmigo y no pienso mentirle.

—No estoy pidiéndote que mientas. Todo lo contrario, sé sincero con ella.

—Pero no entiendo. Eso de seducirla... ¿hasta dónde debo llegar?

—Hasta donde tengas que hacerlo.

Matt no podía creer lo que estaba oyendo.

—Estamos hablando de Emily, ¿verdad? Tu hermana gemela. La misma hermana a la que los chicos del instituto no se atrevían a invitar a salir por miedo a que tú les rompieras las piernas. ¿Esa Emily?

—La misma. Podrías intentar ser su amigo.

¿Y una amistad sería suficiente? No lo había sido en el pasado. Aunque hacerle daño a Emily fue inevitable, no quería volver a hacerlo. No deseaba verla infeliz, pero él no era el hombre adecuado para remediarlo.

—Hay otra cosa —dijo Ty entonces—. Mis padres y yo tenemos razones para creer que ese tipo está involucrado en un negocio ilegal. Emily y él trabajan juntos. Si lo pillan, podrían acusarla de complicidad.

—¿Un negocio ilegal? —repitió Matt, sorprendido.

—Alex es propietario de un vivero. Reciben paquetes procedentes de sitios rarísimos y él siempre está fuera del país en viaje de negocios.

—¿Drogas?

—Eso es lo primero que pensamos.

—Pues háblale a tu hermana de esas sospechas.

—¿Piensas que me creería? Estamos hablando de Emily, Matt. La reina del «yo tengo razón y tú no». Se reiría en mi cara.

Él masculló una maldición.

—¿Por qué no le damos una paliza a ese tipo para que deje en paz a tu hermana?

—Sí, claro. Y ya sabes lo que pasaría.

Lo sabía. Emily Douglas era tan terca que se quedaría con el tal Alex sólo por orgullo.

—Mi hermana no hace las cosas a medias. Si rompe su relación con él, no seguirá trabajando en el vivero y eso resolvería todos nuestros problemas —suspiró Ty—. Si no lo haces por mí, hazlo por mis padres, Matt.

No podía decir que no. Los Douglas habían sido su única familia. Había cenado innumerables veces en su casa, dormía allí, incluso iba con ellos de vacaciones. Cuando sus padres estaban tan borrachos que no tenían energías ni para comprarle unas zapatillas de deporte, los padres de Ty y Emily siempre tenían unas en casa, completamente nuevas, que, por casualidad, eran de su número.

Les debía mucho. Y a Emily también.

Además, si Ty tenía razón sobre los negocios de su novio, el sacrificio merecería la pena.

Nadie le haría daño a Emily Douglas y viviría para contarlo.

—Lo haré —dijo por fin—. Dime dónde y cuándo.

Emily Douglas aparcó la furgoneta de la empresa y miró el edificio en obras. El restaurante Touchdown era el único tema de conversación en Chapel, aunque ella no entendía por qué. Y, a pesar de haber jurado que nunca pondría el pie en aquel sitio, allí estaba.

Estupendo.

Si hubiera podido pasarle el encargo a otra persona, lo habría hecho. Pero con Alex fuera de la ciudad y como gerente del vivero Marlette, era su responsabilidad darle a Su Alteza, el millonario, un presupuesto para plantas de interior y exterior. Además, ese encargo podría hacer que la empresa saliera de su miserable situación económica. No se perdonaría a sí misma si no consiguiera aquel cliente. Y Alex, su jefe y amigo, jamás podría levantar cabeza después de haber llevado el negocio familiar a la ruina. Alex tenía buenas intenciones, pero era un desastre para los negocios y, francamente, Emily empezaba a cansarse de hacer todo el trabajo por él.

Pero en seis meses todo habría terminado. Tendría dinero para comprarle a su padre el local anexo al restaurante y luego pediría un préstamo. Y entonces su sueño de tener una floristería se haría realidad. Pero no podría conseguir el dinero si no tenía trabajo. Necesitaba ese cliente porque la comisión la acercaría a su objetivo. Y sacrificaría cualquier cosa, incluyendo su orgullo, para conseguirlo.

¿Matt, el restaurador más sexy del mundo, se sorprendería al verla? Llevaban once años sin verse. Tarea nada difícil, considerando que «Mister sólo salgo con modelos» no había vuelto a Chapel. Aparentemente, la frase «me gustaría que siguiéramos siendo amigos» era tan falsa como las palabras de amor que le dijo esa noche en el lago.

Pero aquélla era una visita de negocios. Tenía que olvidar lo que había pasado esa noche y portarse como una profesional.

Sin embargo, cuando iba a salir de la furgoneta, los nervios le agarrotaban el estómago.

¿Cómo sería después de tantos años? De adolescente, era arrogante y orgulloso. Al menos, eso era lo que quería que pensaran los demás. Nunca lo había admitido, pero Emily sabía que estaba avergonzado de su familia y, seguramente, se sentía tan inseguro como ella. Eso los había unido. Pero Matt Conway ya no era pobre. Y estaba segura de que el Matt que se escondía tras una fachada de falsa seguridad, su amigo, había desaparecido para siempre.

Ese pensamiento la entristeció.

Estaban en pleno verano y Emily sintió que una gota de sudor caía por su cuello. No tenía sentido quedarse allí, mirando. Cuanto antes entrase, antes podría marcharse.

Levantando orgullosamente la barbilla, abrió la puerta de la furgoneta. Albañiles en diversos grados de desnudez le daban al sitio un aire interesante, pero no vio a nadie que se pareciese a Matt Conway. Percatándose de que una docena de ojos se habían vuelto en su dirección, levantó la cabeza, rezando para no tropezar, y entró muy decidida en el restaurante.

Pero allí no había nadie.

La aprensión que sentía fue inmediatamente reemplazada por una ola de irritación. Podría haber tenido la cortesía de acudir a su cita a la hora prevista...

—¿Emily? —oyó entonces a sus espaldas—. Emily Douglas, ¿eres tú?

Se quedó helada, con el corazón latiendo

a toda velocidad. Conocía esa voz. Esa voz tan profunda, tan masculina, despertaba algo que llevaba años dormido.

«Ya no sientes nada por él», se recordó a sí misma.

Haciendo un esfuerzo, se volvió, confundida por un momento al ver al hombre que se acercaba. No llevaba un traje italiano, todo lo contrario. Iba vestido como los albañiles, con vaqueros gastados y una camiseta que se pegaba a sus bíceps... Pero esa sonrisa era inconfundible. Llevaba años grabada en su memoria.

Cuando se quitó las gafas de sol, un par de ojos del castaño más profundo se clavaron en ella. Nunca olvidaría esos ojos y cómo la habían mirado esa noche. Ni la ternura que había en ellos... ni el arrepentimiento que vio por la mañana.

—Emily Douglas —murmuró Matt, mirándola de arriba abajo—. Pero si casi no te reconozco.

Él era el mismo de siempre. Los rasgos infantiles habían madurado, pero seguía siendo el mismo. En las fotos de las revistas, en televisión, parecía un hombre formidable, un icono. En persona, a un metro de ella, era el mismo Matt de siempre.

Una garra pareció aprisionar su corazón entonces.

Pero era una visita de trabajo, se recordó a sí misma.

—Has pedido un presupuesto.

¿Un presupuesto?

Matt se quedó mirándola, completamente hipnotizado por la mujer que tenía delante. Cuando bajó de la furgoneta, con aquellas piernas kilométricas, el respingón trasero cubierto por unos pantalones cortos de color caqui, se le había olvidado hasta su propio nombre.

¿Por qué no le había advertido Ty? La chica de antaño, un chicazo entonces, se había convertido en una belleza.

Incapaz de formular una frase coherente, Matt siguió mirándola de arriba abajo; desde el pelo rubio que una vez enredó entre sus dedos a los pechos orgullosamente levantados... el estómago plano que había llenado de besos, las piernas largas y bien torneadas, tan suaves como la seda. Emily había rodeado su cintura con ellas esa noche...

Cuando la vio bajar de la furgoneta, estuvo seguro de que habían enviado a otra persona. Fue idea de Ty llamar al vivero donde Emily trabajaba, con la excusa de que necesitaban plantas... que las necesitaba, en realidad. Matt había dejado claro que no le mentiría.

—Has pedido un presupuesto —insistió ella.

—Un presupuesto —repitió Matt, preguntándose dónde estaba su cerebro. Aquello no iba como había planeado. No había esperado reaccionar así. Aunque, por supuesto, Emily Douglas siempre conseguía hacerle sentir cosas que no debería sentir.

—Perdona —dijo por fin—. Es que me he quedado un poco sorprendido al verte. Te veo tan... diferente.

Ella levantó una ceja.

—¿Diferente? Vaya, Conway... qué halago.

—Quería decir...

—Mira, esto es incómodo para los dos, pero he venido a hacer un trabajo. Te daré el presupuesto y me marcharé, no te preocupes.

Aquello iba a ser más difícil de lo que esperaba. Pero él nunca rechazaba un reto. Especialmente, cuando había en juego algo tan importante. Lo único que tenía que hacer era encontrar su punto débil, pensó. Todas las mujeres tenían algún punto débil: joyas, pieles, lo que fuera.

Una vez descubierto el punto débil de Emily, la tendría comiendo de su mano.

Capítulo dos

MATT dio un paso adelante. Estaba tan cerca que podía oler su perfume. La última vez que la vio tan de cerca estaban en la playita del lago, frente a la hoguera que había encendido su padre; una hoguera que no se apagó hasta mucho después de que los Douglas se hubieran ido a la cama.

Entonces no imaginaba a Emily llevando perfume. Eso era demasiado femenino para una chica como ella. Ahora le quedaba perfecto. Ella era perfecta. La altura ideal, la combinación ideal de músculo y curvas... Y unos ojos azules tan expresivos que un hombre podría ahogarse en ellos.

O dejarlo paralizado, como estaba haciendo en aquel momento.

—¿Y bien? —Emily empezó a golpear el suelo con el pie.

—Lo que tú digas.

—Genial —dijo ella, sacando un bolígrafo—. ¿En qué habías pensado para el interior del restaurante, helechos, filodendros? ¿Alguna planta en particular que tengas en los otros restaurantes de la cadena?

—Tengo una carpeta con fotografías en el coche —dijo Matt, señalando la puerta. Emily se dirigió hacia allí, notando la presencia del hombre tras ella. Muy cerca, descubrió cuando la rozó con el brazo. Nada de colonias caras para Matt Conway aquel día. Olía como un hombre acostumbrado al trabajo físico.

Olía bien.

—¡Jefe! —lo llamó uno de los albañiles—. El inspector del Ayuntamiento está aquí. Tenemos un problema.

—¡Espera un momento! —le gritó Matt.

Emily había esperado un descapotable rojo con una rubia anoréxica adherida al asiento del pasajero, pero no era así. Tenía un cuatro por cuatro lleno de polvo.

—Aquí hay fotos de los otros restaurantes y toda la información que necesitas. Nada de plantas de plástico, por supuesto. ¿Tu empresa se encarga del mantenimiento?

—No, pero podemos recomendarte a alguien —murmuró Emily, hojeando la carpeta con gesto de sorpresa.

Aunque algunos concejales del Ayuntamiento se habían opuesto a la construcción de un restaurante-sala de juegos en Chapel, seguramente por envidia, Emily debía admitir que la cadena de restaurantes Touchdown era elegante, pero tan sencilla como para que cualquiera pudiese entrar a tomar una cerveza y un sándwich. Además, a ella le iría bien cuando abriese su floristería en el local de al lado.

—Me gusta que las plantas estén bien cuidadas —dijo Matt.

—Siento desilusionarte, pero no va a ser fácil que una palmera crezca en Michigan.

—Sí, ya me imagino —sonrió él—. Perdona, vuelvo enseguida.

Emily tomó un par de notas en el cuaderno, mirando a Matt con el rabillo del ojo. Iba vestido como el resto de los albañiles y, como ellos, estaba sin afeitar, pero era bien diferente. Poseía un aura de poder, una autoridad que exigía respeto. La inteligencia que había en sus ojos, su forma de mirar a la gente, como si pudiera leer sus pensamientos...

Antes la miraba así a ella. Emily podría haber jurado que, de verdad, podía leer sus pensamientos. ¿Cuántas veces había deseado que la besara, que le dijera que no era sólo su amiga? Lo deseaba tanto que se le saltaban las lágrimas. Pero Matt nunca la había tratado más que como una amiga.

Algún día se daría cuenta, solía decirse a sí misma.

Pero Matt no salía con chicas como ella, prefería a las animadoras, a las chicas guapas.

Emily pensaba que algún día llegaría su turno, pero entonces, gracias a una beca deportiva, Matt Conway se marchó de Chapel para siempre.

Cada vez que hablaba de marcharse de Michigan y empezar de nuevo en California, a ella se le rompía el corazón. Había estado enamorada de Matt desde tercero, cuando su familia se mudó a Chapel. No recordaba su vida sin tenerlo cerca. Era como de la familia.

Para Emily, él había sido todo su mundo.

Pero cuando se acercaba el final de aquel verano, algo cambió. Lo pillaba mirándola y el anhelo que veía en sus ojos la hacía temblar. Era como si tuviese algo que él deseaba desesperadamente, pero no podía tener. Por primera vez en su vida, Emily empezó a sentirse femenina y guapa. Se le ocurrió que quizá Matt sentía algo por ella, pero le daba miedo dar el primer paso. Aunque la idea de que una chica rechazase a Matt Conway era increíble, ella sabía que tenía un lado muy vulnerable. Y quizá tenía tanto miedo del rechazo como ella.

Entonces decidió hablarle de sus sentimientos. A pesar de todo, Matt se marcharía. Y ella jamás le pediría que abandonara sus sueños, pero pensó que volvería a Chapel de visita y que, quizá, ella podría mudarse a

California algún día. Sin embargo, cada vez que intentaba hablar con él, no le salían las palabras. Hasta aquel último fin de semana en la cabaña del lago.

Sentada frente al fuego, por fin reunió valor para decirle: «te quiero». Y antes incluso de que hubiera terminado la frase, Matt estaba besándola.

Le había dado todo esa noche, le había entregado su inocencia. Despertó a la mañana siguiente sintiéndose tan ligera como el aire... hasta que Matt le dijo que tenían que hablar. Su sombría expresión, el remordimiento que vio en sus ojos, decían más que las palabras. Aun así, tuvo que escuchar que, a pesar del cariño que sentía por ella, no estaba en posición de mantener una relación con nadie, pero que seguirían siendo amigos. Siempre serían amigos.

Unos días después se marchó y nunca volvió a mirar atrás.

Un dolor antiguo apretó su corazón. No debería haber ido, pensó, con lágrimas en los ojos, intentando concentrarse en el presupuesto. Tenía un trabajo que hacer.

Fue por todo el local tomando medidas y luego entró para hacer lo mismo en el interior. Cuando salió, Matt seguía hablando con el inspector del Ayuntamiento. Estaban inclinados sobre el capó de su coche, examinando un plano.

La cría que seguía viviendo en ella quería volver a hablar con él, mirarlo a los ojos para ver si encontraba al Matt que había amado una vez, mientras que la Emily práctica la convenció de que no se molestara.

La práctica Emily ganaba siempre.

Matt observaba a Emily, preguntándose qué estaría pensando y qué podría hacer él para llevarla a su terreno. Los regalos caros siempre funcionaban con las mujeres con las que solía salir, pero no imaginaba a Emily Douglas impresionada por el brillo de una joya. A menos que lo colgasen de los pulgares, no sabía qué podría impresionarla.

—¿Señor Conway?

Matt se volvió hacia Eric Dixon, el inspector.

—Eric, nos conocemos desde el instituto. ¿Te importaría llamarme Matt?

—Como iba diciendo, señor Conway, faltan seis metros en el aparcamiento —replicó él, sin disimular su desprecio.

—Seis absurdos metros.

—Absurdos o no, necesita esos seis metros para cumplir con las normas del Ayuntamiento.

Matt intentó controlar su rabia. No iba

a dejar que aquel imbécil se pusiera en su camino. Encontraría esos seis metros como fuera.

—Lo interesante es que nadie mencionó esos seis metros cuando se aprobó el plan de construcción. Sólo ahora que hemos empezado las obras, me señala el problema.

Eric sonrió, satisfecho.

—Un lamentable error.

«Uno que tú lamentarás más que yo», pensó Matt. Si quería jugar duro, jugaría.

—Supongo que esto no tiene nada que ver con que te quitara el puesto de capitán del equipo... ni con el rato que pasé con tu novia en mi coche, ¿verdad? ¿No acabaste casándote con ella?

Sólo era un rumor; supuestamente, se había acostado con la mitad de las chicas del instituto, pero servía a sus propósitos. El rostro de Eric se volvió de un interesante tono púrpura y se le hincharon las venas del cuello. A los veintiocho años, con una barriga cervecera que colgaba por encima de su cinturón y los dientes manchados de nicotina, parecía a punto del infarto.

—No voy a parar las obras —dijo Matt entonces.

—Tiene una semana para encontrar los seis metros de aparcamiento. Si no, yo detendré las obras —replicó Eric, cerrando su

26

maletín—. Que tenga un buen día, señor Conway.

Aunque la mayoría de los ciudadanos de Chapel había apoyado la construcción del restaurante, algunas personas no le daban más que problemas. Los mismos que fueron tan intolerantes cuando era un niño. Por muy bien que le fuera en el instituto o en el deporte, gracias a unos padres alcohólicos, Matt había sido etiquetado como un chico problemático. En una ciudad tan pequeña como Chapel, hasta una multa de tráfico te conseguía un sitio en el periódico local.

Pero entonces no dejó que le hundieran y no les dejaría ahora.

Matt oyó el ruido de un motor y, al volverse, vio que Emily estaba arrancando su furgoneta. Se marchaba antes de que hubiera podido hablar con ella... pero encontraría la forma de conquistarla.

La cuestión era, ¿cómo?

Estaba seguro de que no iba a ser fácil.

—Mírate —suspiró Emily—. Si no haces un esfuerzo, nunca saldrás de aquí. Hay una ventana llena de sol esperándote en algún sitio.

El Abutiolon hybridum, conocido vulgarmente como arce canario, estaba en la mesa de aislamiento del vivero, con aspecto enfermizo y débil, sus hojas pálidas, cayendo patéticamente.

—No tienes hongos ni parásitos... —murmuró Emily, comprobando el envés de las hojas—. Tus hermanas están sanas, ¿qué te pasa?

—¿Te contestan alguna vez?

Ella se volvió, sobresaltada. Sabía quién era, pero su corazón dio un inapropiado vuelco al ver a Matt.

—En cierto modo, sí. Se ha probado científicamente que las plantas responden al estímulo verbal.

Él asintió, pensativo.

—A lo mejor ésta es sorda.

Emily tuvo que sonreír. Matt siempre había tenido sentido del humor. Dejó de sonreír cuando él se fue de Chapel, pero ya estaba acostumbrada.

—¿Qué quieres, Conway? ¿No habíamos acordado no volver a vernos?

—Tienes mi carpeta con las fotografías de los restaurantes y la necesito para mañana. El decorador tiene la otra copia.

Sólo quería su carpeta. Claro. ¿Por qué iba a querer verla? ¿Por qué iba a estar interesado en alguien como ella cuando podía tener a otras mil mujeres? Mujeres guapas, femeninas, elegantes.

¿Y por qué se sentía tan decepcionada?

—¿Si te devuelvo la carpeta te irás?

—Te doy mi palabra de boy scout.

—Quédate aquí, vuelvo enseguida —murmuró Emily, entrando en su minúscula oficina. Pero cuando se dio la vuelta, carpeta en mano, chocó contra el torso de Matt. El calor que irradiaba su cuerpo era tan poderoso que se apartó de un salto.

—¿Qué haces?

—Quería hablar contigo.

—Has dicho que te irías. Me has dado tu palabra de boy scout.

Él sonrió, con aquella sonrisa que conocía tan bien.

—Nunca fui boy scout.

Ésa era la clase de truco que habría usado el viejo Matt. Parecía el viejo Matt y actuaba como él…

No. No pensaba convencerse a sí misma. No quería que le gustase, no quería recordar. Si empezaba a gustarle otra vez, pasaría lo mismo. Matt se marcharía y nunca volvería a saber nada de él.

—¿Qué quieres de mí, Conway?

—Sólo quiero hablar contigo. Te he… echado de menos.

—¿Me has echado de menos? Ah, eso explica que no me llamases nunca. O que no hayas vuelto por aquí en once años. Sí, seguro que estabas desolado.

—Tus padres fueron a visitarme a California. Podrías haber ido con ellos.

Le habría gustado. Se le rompió el corazón cuando sus padres fueron a California a ver a Matt. Pero ella no podía ir, no podía volver a verlo.

—No recuerdo haber sido invitada.

—Tú estás invitada siempre.

—Ah, sí. ¿Y cómo iba a saberlo, por telepatía?

Matt la miró, sorprendido.

—Antes no eras tan cínica.

—Estoy siendo realista —replicó ella. En ese momento sonó el teléfono y Emily descolgó con rabia. Y se le encogió el corazón al reconocer la voz al otro lado del hilo.

—Hola, Emily —era la madre de Alex—. Tengo que hablar con mi hijo.

—Lo siento, señora Marlette, pero Alex estará fuera toda la tarde.

Y al día siguiente. Y al otro.

—Es la tercera vez que llamo esta semana. ¿Le has dado mis mensajes?

Emily odiaba aquello. Odiaba tener que mentir para ahorrarle problemas a Alex.

—Es que está tan ocupado que seguramente ha olvidado llamarla…

Ocupado tomando el sol y bebiendo zumos de frutas exóticas, debería haber añadido. Tampoco contestaba a sus llamadas ni respondía a sus e-mails. Entendía su deseo de escapar de una familia que lo presionaba continuamente, pero estaba harta de mentir por él.

—¿Te importaría decirle a mi hijo que el auditor llegará el miércoles a las nueve de la mañana?

El tono de la mujer era tan frío que Emily casi sintió que le salían estalactitas de las orejas.

—Le daré el mensaje, señora...

La señora Marlette colgó sin dejarla terminar la frase.

—Encantada de hablar con usted —dijo ella entonces, irónica.

Si no la conociese se lo habría tomado como algo personal, pero la madre de Alex era así con todo el mundo, incluyendo su propia familia.

Matt estaba apoyado en la puerta, con las manos en los bolsillos.

—¿Sigues aquí?

—Aún no te he invitado a cenar.

—¿A cenar? Lo dirás de broma.

—Es lo mínimo que puedo hacer...

—Adiós, Conway —dijo Emily, dándole la carpeta.

—¿Cuándo recibiré el presupuesto? —suspiró Matt entonces.

—En una semana.

Quizá para entonces se habría librado de esa irritante atracción.

—Me gustaría hacerte una pregunta.

—Tampoco pienso ir a comer contigo.

Matt soltó una risita.

—¿Seguro que tu empresa podrá cumplir el encargo?

Esa pregunta la sorprendió. Y entonces se dio cuenta de que, como buen hombre de negocios, Matt había investigado. Los problemas económicos del vivero eran conocidos por todo el mundo, sobre todo por los otros viveros de Chapel, que siempre ofrecían presupuestos más bajos. Aunque esperaba estar equivocada, tenía la sospecha de que alguno de los empleados trabajaba para la competencia.

Otra preocupación más.

—Este encargo sería la solución a todos nuestros problemas. Y te aseguro que cumpliremos. Te doy mi palabra.

—Con eso me vale —dio Matt, impresionado por su sinceridad. Lo que no le dijo era que no había pedido presupuesto a ningún otro vivero. Normalmente, él no era sentimental en el trabajo, pero en este caso haría una excepción. Emily quería sacar la empresa adelante y admiraba su determinación.

Por no decir que, además, ésa sería la

única forma de acercarse a ella.

—Estoy deseando hacer negocios contigo —sonrió, ofreciéndole su mano. Emily dudó un momento, pero al final la estrechó.

Fue un roce tan rápido que Matt apenas tuvo tiempo de disfrutar de la suavidad de su piel.

El teléfono volvió a sonar entonces.

—¿Dónde demonios te has metido, Alex? Llevo días intentando localizarte. Mildred no deja de llamar...

Alex. El misterioso novio, sin duda. Y podría haber jurado que oía música al otro lado del hilo. Música caribeña.

—Espera un momento —dijo Emily entonces, cubriendo el auricular con la mano—. ¿Te importa?

—¿Puedo darte un consejo? —sonrió Matt—. No llegarás a ninguna parte si te dedicas a solucionar los problemas de otros.

Después, salió de la oficina. Aunque Emily hacía lo posible para mostrarse irritada, estaba seguro de que empezaba a relajarse. Y también podía intuir su conflicto interior. Quería confiar en él, pero tenía miedo. Y el asunto empezaba a ser emocionante. Por primera vez en años, estaba concentrado en algo que no era su negocio. Incluso dejaría las obras durante un día si podía pasarlo con Emily.

Pensó en la cabaña del lago donde habían pasado tantas tardes de verano y se preguntó si le seguiría gustando pescar. O podrían ir a Metro Park y alquilar un par de bicicletas... Incluso podrían sentarse en el capó del coche y charlar durante horas, como hacían antes. Y si las cosas iban bien, podría invitarla a su habitación...

Ese pensamiento lo sorprendió. Tenía que recordarse a sí mismo que le estaba haciendo un favor a los Douglas. Si el tal Alex estaba metido en negocios sucios, su obligación era descubrirlo y evitar que Emily siguiera involucrada.

Además, había decidido seguir el consejo de Ty y convertirse en su amigo.

Capítulo tres

EL aire que entraba por la ventana, cargado de lluvia, le robó la energía que le quedaba. Emily se estiró en el sofá, esperando la pizza que había pedido, aliviada de que el día casi hubiera terminado. Empezó mal y cuando estaba convencida de que las cosas no podrían ir peor, empeoraron.

Alex, aparentemente, lo estaba pasando tan bien que había decidido prolongar sus vacaciones unos días más. Emily intentó explicarle lo difícil que estaba siendo llevar el vivero sola y él replicó con un típico: «No te preocupes, todo saldrá bien».

Alex no tenía que enfrentarse con veinticinco empleados, por no hablar de los quince chavales que contrataban en verano, y que podrían quedarse sin trabajo.

Aunque era su mejor amigo y lo quería mucho, actuar como escudo humano entre Alex y su madre empezaba a agotarla.

Emily se levantó cuando sonó el timbre, tomando un billete de diez dólares del monedero. Dinero en mano, se dirigió a la puerta... pero no era el chico de la pizza, sino Matt.

Y su traicionero corazón empezó a dar saltos al verlo. Esa sonrisita suya le decía que no estaba allí para nada bueno.

Emily se apoyó en el quicio de la puerta, intentando parecer molesta, aunque tuvo que hacer un esfuerzo. Con la camisa mojada por la lluvia, sus hombros parecían anchísimos y esos bíceps…

Algo profundamente femenino se movió dentro de ella.

—¿Estás persiguiéndome?

Matt le mostró una caja de pizza.

—Como no querías ir a cenar conmigo, he traído la cena.

—No tengo hambre —mintió ella. Y entonces, como para llevarle la contraria, su estómago emitió un rugido.

—Tu estómago no está de acuerdo —sonrió Matt—. Jamón, beicon, pimientos… ¿seguro que no quieres un trozo?

—¿Cómo sabías…? Espera un momento. ¡Ésa es mi pizza! Serás cerdo. ¡Es mi cena!

La sonrisa se amplió, mostrando aquel hoyito adorable.

—He pagado por ella, así que ahora es mía. Pero puedo compartirla contigo.

—¿Hay algo que no harías para conseguir lo que quieres?

—Eso depende de lo que quiera —contestó él, sin dejar de sonreír.

—¿Cómo te has enterado de mi dirección?

—Soy de la CIA.

—Muy gracioso.

—Es un secreto. Si te lo cuento, tendré que matarte.

Emily empezó a golpear el suelo con el pie.

—Muy bien, me lo dijo tu hermano —suspiró Matt, levantando la tapa de la pizza—. Hummmm, qué bien huele.

Emily no había comido, de modo que estaba hambrienta y en su nevera no había prácticamente nada.

—Un minuto más y empezarás a babear.

Era injusto. Matt sabía cuánto le gustaba la pizza.

—Muy bien, puedes quedarte.

Sólo entonces se dio cuenta de que llevaba un pantalón de pijama y una vieja camiseta de la universidad con manchas de pintura.

Como que él se iba a dar cuenta, pensó entonces.

Matt entró, mirando alrededor.

—Es un apartamento pequeño, pero me gusta —explicó Emily automáticamente. No tenía ni idea de por qué se veía en la necesidad de darle explicaciones. Aunque podría tener que ver con la cantinela de su madre:

«Si no tienes dinero para un buen apartamento, ¿por qué no vuelves a casa?» Ja. Si
volvía a casa tendrían que sacarla de allí con
una camisa de fuerza.

—Yo tengo armarios más grandes que
esto —dijo Matt entonces—. Ay, perdona,
no quería decir eso. Estaba pensando en lo
ridículo que es tener tantas cosas que me
hacen falta armarios del tamaño de un apartamento.

Parecía tan turbado por esa idea que
Emily pensó que podría no ser tan egoísta
como creía. O quizá sólo intentaba fingir
que era el viejo Matt. La cuestión era, ¿por
qué? ¿Qué quería de ella? ¿De verdad quería
ser su amigo?

—Cuando firmé mi primer contrato con
un equipo de primera división, empecé a
comprar cosas... y supongo que aún no he
tirado nada.

—Sí, ya, debe ser terrible tener tanto dinero —replicó ella, irónica.

—Te sorprenderías —los ojos de Matt se
oscurecieron con una emoción que no pudo
identificar. Y no sabía si eso era bueno o
malo.

Probablemente, malo.

—Supongo que querrás beber algo.

—Lo que tengas en la nevera —dijo él, mirando alrededor, como si no supiera dónde

dejar la pizza.

—Suelo comer sobre la mesa de café, para ver el partido.

Y porque era la única mesa que tenía.

—Te sigue gustando el deporte, ¿eh?

—Para horror de mis padres —suspiró Emily, sacando dos cervezas de la nevera—. Mi madre intenta llevarme a sus reuniones de Tupperware, pero yo prefiero quedarme en casa viendo el partido.

Matt se sentó a su lado en el sofá y cortó dos trozos de pizza. Estaban tan cerca que podía sentir el calor de sus muslos rozándole la pierna.

Aunque había ocurrido siglos atrás, seguía recordando cómo era estar con él, sentir esos músculos apretados contra su cuerpo. Estar con Matt había sido mejor de lo que nunca imaginó... mucho más de lo que esperaba. Y la ternura que le demostró había sido completamente inesperada. Tontamente, pensó que la quería...

Pero sólo había sido una conquista más. Todos esos años de amistad no habían significado nada para él. Y ahora, con tanto dinero, seguramente habría subido el listón. Ella seguía siendo la chica de siempre. Entonces no era suficientemente buena para él y no lo sería ahora.

—Ty me dijo que tenías novio. ¿Le molestará que yo esté aquí?

Novio. Emily no le había dicho a sus padres que Alex y ella fueran algo más que amigos. Lo creyeron y nunca les dijo la verdad.

—No le importará. No es celoso.

No era celoso con las mujeres. Porque Alex era gay.

Matt miró su pizza.

—Me gustaría conocerlo. Deberías llevarlo por el restaurante algún día.

Ella estuvo a punto de soltar una carcajada.

—Sigues sin saber mentir, Matt Conway.

Él levantó la cabeza, sorprendido.

—¿Por qué dices eso?

—Mi hermano no soporta a Alex y seguramente te lo ha dicho. Así que no creo que estés tan interesado en conocerlo.

—¿Trabajas con él?

—Su madre es la propietaria del vivero.

Matt miró alrededor. Considerando cómo vivía, aquel tipo no debía pagarle demasiado. Los muebles eran de segunda mano y, con la excepción de algunas plantas, apenas había objetos de decoración. Ni fotos, ni cuadros.

Ty no había exagerado en absoluto. Ese novio debía ser un auténtico imbécil. Dejarla a cargo del vivero mientras él estaba de fiesta era una vergüenza. Y con una novia tan atractiva como ella... ¿cómo podía no ser celoso? Si Emily fuera su novia, no saldría con otros hombres. Y no viviría en una caja de cerillas.

¿Si fuera su novia?

¿De dónde había salido eso? Aunque Alex fuera un imbécil, tampoco él tenía tiempo para novias.

Su móvil sonó en ese momento y Matt masculló una maldición. Era su abogado. Estaba esperando información sobre la normativa del aparcamiento.

—Tengo que contestar... perdona.

Como esperaba, las noticias no eran buenas. Su único recurso sería adaptarse a las exigencias del inspector o demandar al Ayuntamiento. Pero demandar al Ayuntamiento le aseguraría un fracaso en Chapel.

Emily emitió un suspiro de impaciencia y Matt tuvo la impresión de que no le hacía ninguna gracia esperar. De modo que, en contra de todos sus principios, le dijo a su abogado que lo llamaría más tarde y cortó la comunicación.

—Perdona.

—Bueno, Conway, dímelo de una vez: ¿qué es lo que quieres?

—No te entiendo.

—Después de once años sin saber nada de

ti, tiene que haber una razón para que hayas vuelto a aparecer en mi vida.

Debería haber esperado que fuese tan directa. Siempre lo había sido.

—Mis relaciones últimamente han sido... poco satisfactorias.

—¿Las chicas de California no te gustan? ¿O es que ya te has acostado con todas?

—Aún me quedan algunas —bromeó Matt—. No, lo que quiero decir es que mis relaciones son... superficiales.

—¿Y qué esperabas, volver a Chapel y retomar lo que pasó hace once años?

—Más o menos. Me gustaría que fuéramos amigos, Emily.

Ella levantó los ojos al cielo.

—No sé si me gusta tu definición de amistad.

—Mira, debería haberte escrito, lo sé. Probablemente, no me creerás, pero nunca quise hacerte daño.

—Me lo hiciste.

La acusación fue como una bofetada.

—La gente comete errores. Podrías darme otra oportunidad...

Emily se levantó para abrir la puerta.

—Adiós, Conway.

—¿Me echas?

—He dicho que podrías quedarte a cenar. Y no sé tú, pero yo he perdido el apetito.

Matt se levantó, tirando la servilleta sobre la mesa.

—¿A qué estás jugando, Emily?

—¿Yo? Eres tú el que está jugando.

Menuda cara. Aparecer allí para manipularla pidiéndole otra oportunidad. No había sido ella quien desapareció sin decir nada. No fue ella quien se marchó de Chapel y estuvo fuera once años.

—¿Ésta es tu forma de decir que no quieres que seamos amigos?

—Fui tu amiga una vez. Y ése es un error que no pienso cometer de nuevo.

Aquella vez, su corazón no podría resistirlo.

Emily apoyó la cabeza sobre la barandilla cubierta de hiedra, respirando los olores del jardín de su madre. El sol estaba poniéndose y unas nubes de color ámbar se movían por el horizonte. Normalmente, estar rodeada de plantas actuaba como un sedante, pero era una cena familiar en casa de sus padres.

El viernes más angustioso del mes.

Sólo una hospitalización o la muerte eran excusa para no asistir. A sus padres les gustaba «saber de su vida» y eso significaba dos horas oyendo lo que hacía mal y cómo podía hacerlo bien, mientras sonreía intentando no ponerse a gritar. Quería a su familia, pero había dejado de intentar contentarlos mucho tiempo atrás.

Y, por si ver a sus padres no fuera suficiente, su madre anunció, emocionada, que Matt Conway cenaría con ellos. Dado su entusiasmo y la extravagante cena que había preparado, uno diría que iba a cenar el presidente del gobierno.

No había vuelto a hablar con Matt desde que lo echó de su apartamento por la noche y, aunque nunca lo admitiría en voz alta, secretamente esperó que volviera.

Cinco minutos después de despedirlo se fue a la cama, escuchando el repiqueteo de la lluvia en los cristales y sintiéndose más sola que nunca. Cada vez que oía el ruido de un motor contenía el aliento, pensando que sería Matt, pero no había vuelto.

Cuando eran niños, durante las vacaciones, cuando Matt prácticamente vivía en su casa, Emily y él solían quedarse despiertos hasta las tantas. Cuando todo el mundo estaba en la cama, salían al patio y hablaban hasta el amanecer. Lo sabían todo el uno del otro.

Ella nunca lo culpó por lo que había pasado aquella noche en el lago. Y nunca tuvo remordimientos. Sólo lamentaba que hubiese dado al traste con su amistad. Y era demasiado tarde para recuperarla. Los dos habían cambiado mucho.

Sí, Matt parecía el mismo. Pero por dentro era una persona diferente.

Cuando por fin pudo recuperarse de su partida, el corazón de Emily empezó a curar. Y después de unos meses dejó de echarle de menos. Ahora que estaba de vuelta en Chapel, los sentimientos que un día tuvo por él habían aparecido de nuevo, pero buscaba la amistad de un hombre que ya no existía.

Entonces oyó pasos. Pasos seguros, firmes, los pasos de un hombre. Un hombre grande, además, casi metro noventa, ochenta kilos, todo músculo, si no recordaba mal. Emily cerró los ojos y rezó para que fuera otra persona.

—La cena está lista —la voz de Matt hizo que sintiera un escalofrío—. Tu madre me ha enviado a buscarte.

«Gracias, mamá». Sin intentarlo siquiera, su madre siempre conseguía destrozarle la vida.

—Dile que iré enseguida.

—Emily, venga. Por lo menos, mírame.

Ella se volvió, nerviosa. Matt tenía las manos en los bolsillos del pantalón. Aquel hombre era demasiado guapo. Tenía el pelo mojado y olía a colonia cara. Entonces miró sus labios, aquellos labios tan sensuales…

45

ah, lo que esos labios le habían hecho. Las caricias íntimas que todavía hacían que se ruborizase.

Matt Conway tenía un aspecto atractivo y peligroso, completamente en desacuerdo con el polo y los chinos de color caqui. ¿Era posible que un hombre tuviera un aspecto peligroso llevando Ralph Lauren?

—Anoche lo estropeé todo, ¿verdad?

Era lo último que Emily esperaba oír. Sonaba demasiado como algo que habría dicho el viejo Matt. Quería odiarlo por marcharse de Chapel, por no quererla, pero...

¿Cómo podía odiarlo por ser sincero?

Emily se abrazó a sí misma, sintiéndose desnuda y vulnerable con aquellos pantalones cortos. Lo cual era ridículo porque ella siempre vestía así y nunca se había sentido desnuda. Quizá era la mirada de Matt, como si la estudiase, como si intentara memorizar sus rasgos.

Entonces sonó su móvil. Emily pensó que iba a contestar, pero cortó la comunicación sin comprobar quién era.

—Siento haberte hecho daño —dijo, dando un paso hacia ella—. Haría lo que fuera por volver atrás en el tiempo.

Emily buscó un brillo de falsedad en sus ojos, pero sólo veía sinceridad y eso consiguió romper un poquito el hielo que había

46

en su corazón.

—¿Me darías otra oportunidad? ¿Podemos ser amigos?

—¿Durante cuánto tiempo, Conway? ¿Cómo sé que no volverás a California y te olvidarás de mí otra vez? ¿Por qué voy a confiar en ti?

—No tienes ninguna razón para confiar en mí. Tendré que ganarme tu confianza.

Emily supo que estaba perdiendo la cabeza cuando la idea de que Matt Conway se ganara su confianza la hizo sentir como una adolescente otra vez. Volvió a experimentar la emoción que sentía cuando le sonreía, cuando la ayudaba a poner el cebo en la caña. ¿Cuántas veces había desenganchado el cebo a propósito para que Matt la ayudase? Y lo hacía siempre. ¿Qué habría dicho si supiera que ella sabía colocar un cebo mucho mejor que nadie o desmontar una bicicleta con los ojos cerrados?

A veces, la adoración que sentía por él era tan intensa que le dolía. Pero Matt había sido, y sería siempre, inaccesible. Incluso ahora, después de tantos años, esa idea la entristecía.

—¿Qué dices? ¿Podemos ser amigos? —insistió él, tomando su mano.

Emily iba a decir que no, pero se quedó hipnotizada por esa mano grande que en-

47

volvía la suya. Había algo en sus ojos, una llamita que creía muerta hace tiempo. ¿Cómo podía negarle nada cuando la miraba de esa forma?

—¡Emily! ¡Matt! —la voz de su madre cortó el silencio como una guillotina.

Ella apartó la mano.

—Necesito tiempo para pensarlo.

—Emily...

—Dame un poco de tiempo, Matt.

Él la observó alejándose hacia la casa. Tenía tanto miedo de que le hiciera daño otra vez que ni siquiera se atrevía a ser su amiga.

Irónicamente, tiempo era precisamente lo que no tenía.

Capítulo cuatro

MATT tomó el último sorbo de café, haciendo un esfuerzo para disimular una mueca cuando el líquido amargo cayó en su estómago al lado del pollo requemado.

—Una cena estupenda, señora Douglas. Gracias otra vez por invitarme.

—Siempre eres bienvenido en esta casa, Matt —sonrió Hope Douglas, dándole una palmadita en la mano.

A su lado, Emily, que había estado callada durante toda la cena, emitió una especie de gruñido. Matt la miró y ella sonrió, la viva imagen de la inocencia. Más de una vez durante la cena, la había mirado con el rabillo del ojo, intrigado por los cambios que veía en ella, algunos sutiles, otros no tanto. El pelo rubio seguía siendo el mismo, pero lo llevaba largo, cayendo a mitad de la espalda. Su cuello seguía siendo fino, su rostro delgado, de pómulos altos y labios generosos. A pesar de su altura, Emily debía medir un metro setenta y ocho, y del tono muscular de una chica que hacía deporte, era muy femenina.

Y luego estaban sus pechos. Ni demasiado grandes ni demasiado pequeños. Aunque no tenía derecho a mirar eso, eran tan bonitos como todo en ella. Matt deslizó la mirada hacia la camiseta, donde podía intuir un diseño de encaje bajo la tela blanca...

—Seguro que en California no tomas comida casera —sonrió el señor Douglas.

Afortunadamente, pensó él. La señora Douglas tenía un corazón de oro, pero era una cocinera horrible.

—No, desde luego.

—Phil, no seas tonto, seguramente Matt tiene un cocinero francés. ¿Verdad que sí, Matt?

—Suelo comer fuera —admitió él—. Y cuando estoy en casa, cocino yo mismo. Sólo contrato gente cuando invito a alguien.

—¿A quién invitas? —bromeó Ty.

Matt sabía qué quería dar a entender, pero se equivocaba. Él no solía invitar a mujeres. La mayoría de sus relaciones eran superficiales y duraban poco.

—Son cenas o comidas de trabajo. Además, aún no he conocido a nadie que cocine como usted, señora Douglas.

—Halagador —sonrió ella. Su rostro tenía un aspecto más terso que once años atrás y se preguntó si se habría operado.

Emily se aclaró la garganta, murmurando algo que sonaba sospechosamente como «pelota».

—¿Alguien quiere más café? —preguntó el señor Douglas.

—Yo no, gracias —dijo Ty—. Voy a ver el partido.

Emily se levantó y empezó a quitar la mesa.

—Me toca meter esto en el lavavajillas, claro.

—Ni lo sueñes —replicó su madre—. Esta porcelana hay que lavarla a mano.

—Maravilloso —murmuró ella, irritada, mirando a Matt como si fuera culpa suya. Y lo era. Su madre sólo sacaba la porcelana buena en las ocasiones especiales.

—Por favor, Emily, mira qué uñas llevas. ¿Qué ha sido del maletín de manicura que te regalé?

—Es que tenía prisa…

—Si te pasas el día metiendo las manos en la tierra, podrías al menos cuidártelas como una señorita.

—Me he lavado las manos, mamá —repicó ella, furiosa—. Además, ¿para qué voy a hacerme la manicura si voy a estropeármelas mañana otra vez?

La señora Douglas se volvió hacia su marido con cara de angustia.

—¿Phil?

—Hope, deja a la chica en paz.

—¿Cómo voy a dejarla en paz?

—Cariño, si a tu madre le hace feliz, ¿te importaría arreglarte un poco las uñas antes de venir a cenar a casa?

—De acuerdo, papá.

—Ésa es mi chica.

Matt observaba la escena, desagradablemente sorprendido. La madre de Emily había estado metiéndose con ella sin descanso durante la cena. Le asombraba que, después de tantos años, la señora Douglas siguiera siendo tan metomentodo.

«Emily, mastica con la boca cerrada». «Emily, siéntate con la espalda recta». «No apoyes los codos en la mesa, Emily». Emily, Emily, Emily.

Podría volver loco a cualquiera y, sin embargo, a ella no parecía afectarla.

—Yo te ayudaré —dijo, levantándose.

—No necesita ayuda —protestó la señora Douglas—. Tú eres nuestro invitado, Matt. Queremos que nos hables de tu cadena de restaurantes.

Habían hablado de sus restaurantes y sus conocidos durante toda la cena. Empezaba a estar harto del tema porque ya no tenía nada interesante que contar. Su vida no era tan emocionante como los Douglas parecían creer. Trabajaba doce horas diarias y apenas tenía vida social.

—No me importaría echarle una mano a Emily.

—Déjales solos un rato, Hope —sonrió el señor Douglas.

Entonces se miraron como dos conspiradores. El plan era alejar a Emily de su novio, claro. Y, a pesar de que estaba de acuerdo con ellos, Matt se sintió culpable. Trataban a Emily como si fuera una niña.

Cuando estuvo seguro de que nadie podía oírlos, le preguntó en voz baja:

—¿Por qué dejas que te trate así?

—¿Eh?

—Tu madre. Está todo el tiempo diciéndote lo que tienes que hacer.

—Ya no me doy ni cuenta —sonrió ella—. ¿Prefieres lavar o secar?

—¿Cómo puede no molestarte?

—Supongo que estoy acostumbrada. ¿Por eso estás aquí conmigo y no contándoles tus historias de famosos?

—Mi vida no es tan interesante como ellos creen —suspiró Matt, tomando un paño—. Y no soy un pelota, por cierto.

Emily llenó el fregadero de agua jabonosa.

—¿Ah, no? «Ha sido una cena estupenda, señora Douglas». «Nadie cocina como usted» —repitió, imitando su voz—. Lo que es asombroso es que no tengamos una úlcera en esta familia. Mi madre cocina fatal.

—Ah, pero yo estaba siendo amable.

—Ya, claro.

—Es verdad. Nunca he conocido a nadie que cocine como ella —rió Matt—. Y espero no conocerlo jamás. Lo que no entiendo es que me traten como si fuera especial...

—A lo mejor tiene algo que ver con que eres una celebridad.

—Tengo un par restaurantes, ¿y qué?

—Veinte, me han dicho. Y no olvidemos que eres millonario.

Él se encogió de hombros.

—Los negocios me van bien.

—Ya. Y eras una estrella del fútbol.

—Una estrella, no. Mi carrera profesional estaba empezando cuando me rompí la rodilla. No hay nada impresionante en mi currículum.

—¿Y la revista *People*? No me negarás que saliste en la portada.

—Era bueno para el negocio.

Emily le pasó un vaso y sus dedos se rozaron. Fue como una descarga eléctrica, el agua actuando como conductor. Y estuvo a punto de tirar el vaso.

—Seguro que las mujeres van detrás de ti.

—¿Me creerías si te dijera que no?

Por favor, ¿pensaba que era tonta? Había

visto las fotos en la revista. Matt con unos vaqueros gastados, la camisa abierta mostrando un torso lleno de pectorales y abdominales. Estaba un poco despeinado, como si acabara de levantarse de la cama después de darse un revolcón con su «conejita» favorita. Y el brillo de sus ojos… le daban escalofríos sólo de recordarlo.

El afecto adolescente, la emoción que experimentaba nada más verlo había cambiado con los años. El deseo que sentía por Matt ahora era el de una mujer, no el de una niña. Aunque el deseo, afortunadamente, era una emoción pasajera.

—Yo no quería hacerme esas fotos.

—¿Y por qué las hiciste?

—La verdad es que los restaurantes no iban tan bien como yo esperaba y podría haber perdido millones. Mi representante pensó que sería bueno para el negocio.

—¿Y lo fue?

—Sí. En tres años abriré cinco nuevos locales.

—Pues entonces deberías estar contento —suspiró Emily, frotando un plato con más vigor del necesario.

—Te sientes amenazada por mi dinero —rió Matt entonces.

—Eso es ridículo.

—No, pude verlo en tus ojos cuando fuiste al restaurante el otro día. Estabas a la defensiva. Crees que, porque tengo dinero, soy una persona diferente.

Aunque hubiese querido, no podía negarlo. Durante todos esos años, pensó que la fama y el dinero le habrían cambiado. ¿Podría haberse equivocado?

—Sigo siendo el mismo, Emily. Y estoy aquí.

En ese momento, tuvo el deseo urgente de besarlo. Lo deseaba tanto que incluso se inclinó un poco hacia delante… pero recuperó el sentido común a tiempo.

—Eso ya lo veremos.

Podría ser el viejo Matt, pero eso no significaba que no fuera a hacerle daño. De hecho, las posibilidades eran mucho mayores.

—Entonces, lo de ser amigos…

—Sigo pensándolo.

—Venga, Emily. Sabes que no puedes resistirte a mis encantos —sonrió Matt, empujándola con el hombro.

—Tienes razón, no has cambiado nada. Sigues siendo un egocéntrico incurable.

—¿Lo ves? Ya te lo dije.

Emily intentó disimular una sonrisa. Tomando el estropajo, empezó a fregar la cacerola del pollo, pero decidió que le haría falta un rastrillo para quitar esa grasa.

Entonces se percató de que Matt se había

quedado muy callado, mirándola. Mirando su camiseta, en concreto.

—Son pechos. Seguro que has visto muchos, así que no creo que los míos sean tan fascinantes.

Matt se puso colorado.

—Perdona. Es que no me acostumbro...

—Me ves diferente, ¿no?

—Mucho. Estás muy guapa.

—Vamos a dejar una cosa clara, Conway. No pienso volver a acostarme contigo.

Entonces vio un brillo peligroso en los ojos del hombre.

—Eso suena como un reto, Emily. Y ya sabes cuánto me gustan los retos.

La cacerola que estaba fregando se le escurrió de las manos y tuvo que volver la cabeza para que no viera que se había puesto colorada.

—Lamento decepcionarte, pero ya no me siento atraída por ti.

—Deja que te ayude —murmuró Matt, acercándose para meter las manos en el agua. Estaba tan cerca que casi la empujaba con esos hombros de jugador de fútbol.

Si había tenido alguna duda sobre sus intenciones, quedaron claras cuando la rozó con la parte inferior de su cuerpo. La dureza de lo que había bajo los vaqueros la dejó sin aliento.

—¿Recuerdas, Emily? ¿Recuerdas aquella noche en el lago?

—Vagamente —contestó ella, con las manos temblorosas.

Cómo había echado de menos esa pasión que sólo Matt podía hacerle sentir. Sería tan fácil echarse en sus brazos...

Él se apartó entonces y la tomó por los hombros.

—¿Recuerdas la primera vez que te besé?

Emily asintió con la cabeza.

—Sabías a chocolate. Me pregunto a qué sabrás esta noche.

Probablemente, al pollo de su madre. O sea, que estaban metidos en un lío.

Ella quería salir corriendo. Desgraciadamente, su cuerpo no le respondía. Sabía que iba a besarla. Quería que la besara. Y que no lo hiciera.

¿Qué le pasaba? ¿Dónde estaba la Emily racional, la chica sensata?

Matt inclinó la cabeza y ella contuvo el aliento, con el corazón acelerado. Sentía calor y frío al mismo tiempo. Tenía miedo y estaba excitada a la vez.

Como a cámara lenta, Matt rozó sus labios... y Emily se derritió por dentro.

—Me acuerdo de esto —murmuró con voz ronca.

Tenía que apartarse. Tenía que empujarlo

antes de que alguien entrase en la cocina.

—He estado pensando —dijo entonces, aclarándose la garganta—. Quizá podríamos volver a ser amigos.

Algo viril y primitivo brillaba en los ojos de Matt.

—A lo mejor esa oferta ya no está sobre la mesa. A lo mejor ahora quiero más.

Emily dio un paso atrás. A la porra con los platos. Que terminase él de fregar. Tenía que salir de allí antes de hacer algo absurdo, como violarlo en la despensa, por ejemplo.

—Los dos sabemos que eso no funcionaría.

—Podríamos intentar averiguarlo.

Ella se detuvo, con la mano en el pomo de la puerta. Reconocía la determinación en el rostro de Matt. Lógicamente, sabía que aquello terminaría siendo un desastre, aunque la parte menos lógica de su mente le pedía que aceptase la oferta y más.

Fue el «más» en la ecuación, saber que Matt nunca podría amarla, lo que le dio fuerzas para abrir la puerta.

Él la observó alejarse por el pasillo, sabiendo que había ganado aquel asalto. Había encontrado su debilidad.

Seguía deseándolo.

Cuando la tocaba, se ponía a temblar. Temblaba. No recordaba haber hecho temblar a una mujer... No desde la última vez que estuvo con Emily. Esa noche en el lago, los dos habían temblado.

Ella no se rendiría sin luchar, pensó. Pero si había conseguido levantar una empresa millonaria desde la nada, podría seducir a una mujer. Incluso a una tan obstinada como Emily Douglas.

Y mientras estaban ocupados luchando para ver quién ganaba esa batalla, haría que su novio mordiera el polvo.

Ty le había dicho que llevase aquello tan lejos como fuera necesario y pensaba hacerlo. Con un poco de suerte, Emily y él volverían a ser amigos. Y, mientras tanto, pensaba pasarlo de maravilla.

Capítulo cinco

—TE gusta ese tipo —dijo Alex, sentado en la esquina del escritorio—. ¿Por qué no lo admites?

Emily lo fulminó con la mirada, cansada de mantener esa misma conversación una y otra vez. ¿Qué le pasaba a todo el mundo? Su madre le había dicho lo mismo por la tarde.

—Tienes que salir con él. Date cuenta de que no tiene más amigos en Chapel.

Una hora después, Ty la había llamado para decir lo mismo, pero sin la sutileza de su madre.

—Es rico, guapo… ¿por qué no te gusta?

Era una conspiración.

—No me gusta.

—Pero si está buenísimo. Y es millonario —insistió Alex, tomando un montón de mensajes de la mesa. Mensajes de Matt que ella no había contestado porque era una cobarde—. Y, obviamente, está muy interesado.

—Se marchará de Chapel en cuanto inaugure el restaurante. No pienso dejar que me pisotee el corazón otra vez. Si tanto te gusta, ¿por qué no sales tú con él?

Alex dejó escapar un suspiro.

—Ya me gustaría, cariño.

—¿No tienes nada mejor que hacer?

—¿Sabes una cosa? Para ser una persona que dice no necesitar un revolcón, te veo muy irritada. Lo digo en serio, te encontrarías mucho mejor si te acostaras con él y no volvieras a llamarlo. La venganza es buena para el alma.

Si pensara que así se sentiría mejor, lo haría. Pero ella no buscaba venganza. Necesitaba saber qué quería Matt de ella. Primero quería ser su amigo, luego la miraba como un lobo... Y saber que ella era su presa la hacía sentir escalofríos. Que Matt Conway provocase esa reacción le daba miedo.

Su única forma de defenderse era evitándolo por todos los medios. Para no hacer ninguna estupidez, como enamorarse de él, por ejemplo.

—Qué terca eres, hija. Bueno, ¿por qué no cenamos juntos esta noche? Trabajas demasiado.

Uno de los dos tenía que hacerlo, pensó Emily. Pero Alex no quería ser irresponsable, simplemente lo era.

—Sólo si después vamos a ver una película de acción. Nada de tontas películas románticas.

—Muy bien —sonrió su amigo—. Iré a

buscarte a las siete.

—Y no volverás a hablarme de Matt Conway.

—De acuerdo.

Una tarde sin ver a Matt y sin tener que hablar de él. Casi le parecía demasiado bueno para ser verdad.

Matt detuvo el coche frente al apartamento de Emily. Estaba harto de que no le devolviera las llamadas. Los problemas con el restaurante lo habían tenido ocupado durante dos días, pero ahora que las cosas iban un poco mejor, era su oportunidad. Aquella noche seduciría a Emily Douglas.

Estaba levantando la mano para llamar a la puerta cuando vio una nota que decía: *Entra, está abierto.*

Bueno, estaba invitando a alguien, aunque dudaba seriamente que fuese a él. Pero tampoco decía que no fuese él.

Sintiéndose sólo un poco culpable, guardó la nota en el bolsillo y empujó la puerta. En el salón no había nadie, pero oyó el grifo de la ducha.

Emily en la ducha, desnuda, el jabón deslizándose por su cuerpo... Mojada y húmeda, su combinación favorita.

Matt cerró la puerta con cerrojo. Aunque,

por muy tentadora que fuese la idea, no podía meterse en la ducha con ella. Cuando se ducharan juntos, y lo harían, sería idea de Emily.

Considerando cuál había sido su reacción en casa de sus padres, llevársela a la cama no sería una tarea tan difícil. Aunque no pensaba hacerle el amor hasta que ella se lo pidiera.

Hasta entonces, tendría que esperar.

El sofá-cama estaba abierto y, como no había otro sitio, Matt se tumbó. Al apoyar la cabeza en el almohadón respiró el aroma de su colonia y la imaginó tumbada allí. Las sábanas estaban arrugadas, como si se hubiera movido en sueños... a menos que su novio hubiera dormido allí y las sábanas estuvieran arrugada por otra razón.

Esa idea fue como una espina en el costado. No debería tener celos. Hasta aquel momento, creía estar haciéndole un favor a Ty y a sus padres. Sin embargo, cada vez que Emily no le devolvía una llamada, el nivel de frustración aumentaba hasta límites impensables. No podía dejar de pensar en ella.

Matt cerró los ojos, agotado. No había dormido bien desde que llegó a Michigan. Aunque intentaba convencerse a sí mismo de que era el estrés, la verdadera razón era Emily. Emily, que había invadido sus sueños.

Se despertaba por las mañanas excitado e inquieto, pensando en ella...

Medio adormilado, le pareció oír que se abría una puerta, pero no pudo levantarse. Entonces, algo frío y húmedo lo golpeó en el pecho y se incorporó de un salto.

Emily, con unos pantalones cortos y un top del mismo color gris-azulado que sus ojos, lo miraba con cara de pocos amigos.

—¿Qué haces aquí?

Matt sonrió.

—Tú me has invitado a entrar.

—¿Cómo?

Él sacó la nota del bolsillo.

—Dejaste una nota en la puerta para mí...

—¡Esa nota no era para ti!

—¿Ah, no? Huy, lo siento.

Emily se acercó al teléfono y marcó el número de Alex.

—Son las siete y cuarto. ¿Por qué no estás aquí?

—¿Para qué, para estropearte la fiesta?

Emily miró por la ventana y vio el coche de Alex aparcado frente a su casa. Él la saludó con la mano.

—Te mato.

—¿Por qué? No seas tonta, te hace falta.

Después, colgó. Tan tranquilo.

¿Qué pasaba, todo el mundo quería hacerle la vida imposible? ¿Había alguien en Chapel que no intentase emparejarla con Matt Conway?

—¿Te han dado plantón? —preguntó él, encantado.

—No pensarás que voy a acostarme contigo, ¿verdad?

—Prometo no hacerte nada. Te doy mi palabra de boy scout.

Emily se cruzó de brazos.

—Nunca fuiste boy scout.

—Ah, es verdad. Pero la cama es zona segura. No te tocaré, lo prometo.

Era arrogante y engreído, pero cuando Matt Conway hacía una promesa, la cumplía. Emily estaba segura.

De modo que se sentó a su lado, suspirando.

—¿Has tenido un mal día?

—¿Alguna vez te ha parecido que el resto del mundo está contra ti?

—Al menos una vez por semana. ¿Puedo hacer algo?

—Podrías volver a California.

Matt se encogió de hombros.

—Lo siento. No puedo irme hasta que termine el restaurante. ¿Aceptarías un masaje, a cambio?

—No puedes tocarme.

—Ah, es verdad.

—¿Qué tal tu rodilla, por cierto? ¿Te da problemas alguna vez?

—Ocasionalmente —contestó él—. Me duele cuando va a llover o cuando hago mucho ejercicio.

—Debió ser terrible, ¿no? Llegar tan lejos y tener que dejar el fútbol de repente.

—Sí, la verdad es que fue terrible para mí —suspiró Matt—. Pensé que mi vida había terminado.

—Yo estaba viendo el partido cuando pasó. Vi el golpe y te vi tirado en el suelo, con la pierna doblada... Supongo que debió dolerte mucho.

—Me han dado muchos golpes, he tenido un par de conmociones cerebrales, varios dedos rotos... pero nada como eso.

—En cuanto lo vimos, mi padre reservó unos billetes de avión. Ni siquiera sabía a qué hospital iban a llevarte, pero quería estar contigo —murmuró Emily, con el corazón en la garganta—. Yo debería haber ido también. Siempre he sentido que te defraudé por no ir al hospital.

—Nunca me has defraudado, Emily. No me debías nada —sonrió Matt, apretando su mano.

Ella apartó la mirada. No deberían tocarse, pero...

—¿Qué haces aquí, Matt? ¿Cómo es que

llevo once años sin verte y ahora no puedo librarme de ti?

—Tenía que volver. Últimamente, sentía que me faltaba algo.

—Eres rico, famoso... Lo tienes todo. ¿Qué más quieres?

—A veces me despierto en medio de la noche, sudando, con un miedo irracional de que, tenga lo que tenga, consiga lo que consiga, nunca será suficiente. Que nunca seré feliz —murmuró él entonces—. Pero aquí, contigo, no sé... me siento bien. Cuando me marche esta vez, seremos amigos. Pienso volver a visitarte. Y tú puedes visitarme a mí en Los Ángeles.

—A veces me he preguntado... si no te hubiera dicho nada... si no hubiéramos... quizá habríamos seguido siendo amigos. Creo que lo estropeé todo.

—Lo que pasó no fue culpa tuya. Los dos queríamos hacerlo.

—¿Los dos?

—Claro. ¿Por qué preguntas eso?

—No sé, yo... ¿de verdad querías hacerlo? —murmuró Emily.

—Por supuesto. ¿Cómo puedes dudarlo?

—Porque no volví a saber nada de ti y pensé que... bueno, seguramente no deberíamos hablar de esto —dijo ella entonces, intentando levantarse.

—No, de eso nada. ¿Por qué no podemos hablar de esto? —replicó Matt, tirando de su brazo.

—Pensé que lo habías hecho porque te daba pena —dijo Emily por fin.

Él la miró, perplejo.

—¿Cómo puedes pensar algo así?

—O eso o lo hice tan mal que no podías mirarme a la cara...

—Emily...

—Era mi primera vez y tenía cero experiencia. Supongo que lo hice todo mal.

Matt enterró la cara entre las manos, sacudiendo la cabeza. Entonces vio que sus hombros se movían y se dio cuenta de que estaba riéndose.

—¿Te hace gracia, Matt Conway?

Él se dejó caer hacia atrás.

—Es que me parto...

—¡Serás idiota! —exclamó ella, dándole un puñetazo en el estómago. Pero como el puño rebotó en aquel muro de sólidos músculos, le golpeó en la pierna—. ¡Ay!

Nada, imposible.

Recordando lo que había aprendido en las clases de defensa personal, le pellizcó en la axila.

—¡Ay! ¡Me has hecho daño, bruta!

Matt había dejado de reírse por fin, pero sujetaba sus muñecas con fuerza.

—Suéltame, animal.

—¿Yo? —rió él, tirándola sobre el colchón. Emily intentó soltarse, pero era imposible—. ¡Suéltame!

—No pienso soltarte hasta que te calmes.

Ella intentó levantar una rodilla, pero Matt contraatacó incrementando la presión.

—¡No puedes tocarme!

—Que no te llamase no tiene nada que ver con una falta de interés por mi parte, ni con tu falta de experiencia. Lo que hicimos esa noche fue lo más erótico que me ha pasado en la vida.

Emily dejó de moverse y lo miró a los ojos, muy seria.

—Si dices eso sólo para que no me sienta como una tonta, te mato.

—Yo no mentiría sobre algo así.

Sus caras se rozaban y el brillo burlón en los ojos de Matt había desaparecido. Ahora eran intensos y oscuros. Ella empezó a sentir que sus huesos se derretían, que un calor terrible se instalaba entre sus piernas. Definitivamente, no era lo que una amiga debería sentir por un amigo.

—Ya no estoy enfadada —murmuró, deseando que se apartase... antes de que hicieran alguna locura.

—Estupendo —dijo Matt, sin dejar de mirarla a los ojos.

—Quizá deberías... moverte.

Matt metió una pierna entre las suyas.

—¿Esto es lo que tenías en mente?

Emily habría deseado arquearse hacia él. Quería aceptar todo lo que le ofrecía, pero sabía que era un error. Y que si no detenía aquello cuanto antes, si Matt la besaba...

—No voy a acostarme contigo.

Él la miró a los ojos durante unos segundos, dijo algo en voz baja y se echó a un lado, tapándose la cara con un brazo.

—¿Estás bien? —preguntó Emily, rozándole con un codo.

—Lo estaré en cinco minutos. Antes si me tiras un cubo de agua helada a la cara.

Que necesitara un cubo de agua helada para calmarse hizo que ella sintiera una ridícula emoción.

—No tengo hielo.

Matt suspiró, sentándose sobre la cama.

—Has cambiado, Emily. Ya no eres la niña que dejé atrás hace once años.

—¿No lo soy?

—No. Ahora pegas como una chica.

La competidora nata que había en ella despertó entonces. Lo estaba pidiendo a gritos.

—Puede que pegue como una chica, pero te apuesto veinte dólares a que sigo siendo la mejor tirando al aro.

Matt sonrió de oreja a oreja, encantado de la vida.

—Vamos a verlo.

Capítulo seis

MATT se inclinó hacia delante, apoyando las manos en las rodillas, agotado, intentando llevar aire a sus pulmones. Le dolía la rodilla y su ropa estaba empapada de sudor, pero no estaba dispuesto a rendirse todavía. No con Emily haciendo círculos a su alrededor, driblando y con aspecto de aguantar todavía un par de asaltos.

—¿Has tenido suficiente? —lo retó, muerta de risa.

—Pareces muy segura de ti misma —replicó él, intentando disimular que le faltaba el aliento.

—¿Para ser una chica quieres decir? ¿Por qué no admites que soy mejor que tú?

—Un juego más —dijo Matt, quitándose la camiseta—. Doble o nada.

—Ya has perdido ciento cincuenta dólares. ¿Seguro que quieres arriesgarte?

—Estoy jugando en desventaja —dijo él entonces, señalando su rodilla.

—Y yo también. Soy una chica —replicó Emily, irónica.

Chica o no, se le había olvidado lo bien

que jugaba. Además, él no había tocado una pelota desde que dejó la liga profesional de fútbol. Pero estaba decidido a ganar de todas formas.

—El primero que haga diez puntos, gana.

Veinte minutos después, Emily lanzaba la pelota por última vez, con un lamentable resultado de diez a dos.

Matt salió cojeando de la pista y se dejó caer sobre la hierba, derrotado.

—Admítelo —dijo Emily, poniéndose de rodillas a su lado—. Juego muy bien para ser una chica.

—Juegas muy bien para ser un chico —suspiró él, incorporándose para beber un trago de agua.

—Así que no me has dejado ganar.

—¿Dejarte ganar? Emily, me has destrozado.

—No puedo creer que seas tan malo. Nunca se te dio bien el baloncesto, la verdad, pero esto es una vergüenza.

—¿Has terminado de restregármelo?

Riendo, Emily se apoyó en un codo para mirarlo a la cara. Era guapísima, pensó Matt. Si dependiera de él, estarían tumbados en su cama del hotel, desnudos. Su piel brillaría no por el sudor del partido, sino por hacer el amor durante horas y horas.

¿Cómo podía pensar que no había disfrutado haciendo el amor con ella en el lago? Había sido tan agresiva, tan segura de lo que quería que Matt se preguntó si de verdad era la primera vez para ella. Le dolió que no se lo hubiera contado porque se lo contaban todo. Y le habría gustado saber quién era el tipo que le había robado lo que debería ser suyo... para estrangularlo con sus propias manos.

La idea de que otro hombre la hubiera tocado hizo que sintiera un ataque de celos. Habían sido amigos durante años y en todo ese tiempo jamás se le ocurrió la idea de acostarse con ella. Sin embargo, esa noche, no podía pensar en otra cosa. Quería ser el primero.

Seguía recordando lo que sintió al penetrarla, lo imposiblemente estrecha que era. Cuando sintió la barrera de su inocencia cediendo a su paso la oyó gemir y supo que era suya. Y saber eso lo emocionó. Era como si le faltara una pieza y Emily la hubiera colocado en su sitio.

Pero no podría ser más que una noche. Él tenía planes, sueños, y Emily no tenía sitio en ellos. Por la mañana, volverían a ser como antes. Seguirían siendo amigos. No era justo y sabía que seguramente le haría daño, pero así tenía que ser.

Pero llegó la mañana y lo que sentía por

Emily no había desaparecido con el amanecer. De hecho, era peor.

Ella nunca sabría lo difícil que había sido marcharse o lo cerca que había estado de renunciar a sus sueños. Sin la beca, no podría haber pagado la universidad y sin estar en el equipo de UCLA nunca habría llegado a la liga profesional. Si no hubiera terminado la carrera, después de la lesión no habría tenido nada. Simplemente, nunca había tenido tiempo para una relación de verdad, para la clase de relación que Emily habría querido. La que se merecía.

Y seguía sin tenerlo.

—No eres como yo esperaba —dijo ella entonces.

—¿Qué esperabas?

Emily se encogió de hombros.

—Pensé que serías más serio.

—Supongo que lo soy cuando estoy en California. Nunca tengo tiempo de jugar.

—¿Y eso?

—Estoy demasiado ocupado. Me paso el día en la oficina y los domingos visito otros restaurantes.

—¿Todos los domingos? ¿Por qué?

—Porque atrae a los clientes.

—¿Y cuándo tienes un día libre?

—No sé lo que es un día libre —se encogió Matt de hombros—. Tengo un dúplex en Cancún, pero nunca voy. Tengo una villa en Italia, pero no me da tiempo a visitarla. Si quieres que te diga la verdad, además del trabajo, no tengo vida personal.

Emily arrugó el ceño, sorprendida.

—¿Y para qué trabajas tanto si luego no puedes disfrutar?

—Cuando lo sepa te lo diré.

—¿Qué tal este domingo? ¿A qué restaurante piensa ir?

—Pensaba ir a Nueva York, pero tienen que hacer no sé qué reparaciones en el avión.

—¿En el avión? ¿Tienes tu propio avión?

—Sí, bueno, es un avión pequeñito, un Lear.

—¿Ya tienes un avión propio y quieres ganar más dinero? ¿Cuándo será suficiente?

Matt se encogió de hombros. Ojalá lo supiera. Aunque debía admitir que, desde que volvió a Chapel, se sentía diferente. No sabría decir por qué o cómo. Estar con Emily otra vez era... estupendo. Y no necesariamente en un sentido sexual. Le gustaba estar con ella. Con Emily se sentía relajado, cómodo.

Contento.

No recordaba la última vez que se sintió tan feliz. Si pudiera capturar ese sentimiento, llevárselo a California con él...

—Siempre pensé que sabría cuándo parar,

que un día me diría a mí mismo: ya está, ya he ganado lo suficiente. Ya puedes descansar, formar una familia incluso. Pero últimamente parece que cuanto más trabajo, más lejos queda ese objetivo.

—¿Y por qué quieres abrir un restaurante aquí? Chapel no es precisamente una ciudad importante.

—Me he probado a mí mismo en los negocios y he tenido una carrera decente, aunque corta, en el deporte. He resuelto las cosas con mis padres hasta el punto de poder perdonarlos. Lo único que no he conseguido es probarle a la gente de Chapel que soy un triunfador.

—¿Sabes lo que creo?

—¿Qué?

—Que te preocupa demasiado lo que piense la gente.

Seguramente tenía razón. De hecho, sabía que tenía razón, pero así era su vida.

—Has hablado de tus padres. ¿Sueles visitarlos a menudo? Me han dicho que les compraste una casa en Florida.

—Voy de vez en cuando por allí —contestó él.

Lo menos posible. Para no tener que ver cómo, poco a poco, iban suicidándose.

—Antes pensaba que el dinero sería la respuesta a sus problemas. Intenté que entrasen en un programa de desintoxicación, pero no duraron más que un par de días. No se puede salvar a alguien que no quiere salvarse.

—Al menos, lo has intentado.

—Lo único que puedo hacer ahora es asegurarme de que están cómodos. Si van a beber hasta matarse, al menos que lo hagan en una casita frente al mar. Mi madre tiene dinero par ir al bingo todas las noches y mi padre, una televisión con canal satélite para cuando no está muy borracho.

Emily tocó su brazo.

—No te merecen, Matt.

La forma en que pronunció su nombre y el gesto de consuelo le hizo un nudo en la garganta.

—No han sido buenos padres, pero hicieron lo que pudieron.

La compasión que había en sus ojos lo destrozó. Por eso no le gustaba hablar de sus padres. Hacía que se sintiera... como un niño otra vez.

—Bueno, no me has contado nada sobre tu novio. Supongo que no es una relación muy seria —dijo, para cambiar de tema.

—¿Por qué dices eso? Podríamos estar prometidos.

—No llevas anillo de compromiso.

Emily se miró la mano y sus ojos se oscurecieron.

—Nunca me han gustado mucho las joyas.

—Sí, es verdad. Ni siquiera llevas pendientes.

—Bueno, tengo uno.

—¿Dónde? —preguntó Matt, sorprendido—. No te habrás hecho un piercing en el ombligo, ¿verdad?

—No.

—¿En la lengua?

—No, qué va.

—¿Dónde entonces?

Emily miró su camiseta. Y cuando Matt se dio cuenta de lo que quería decir se quedó atónito.

—¿En el pezón?

—Fue un accidente... un acto de rebeldía. En la universidad, una amiga mía se lo hizo y mi madre, por supuesto, amenazó con desheredarme si se me ocurría.

—¿Por eso lo hiciste?

Emily sonrió, desafiante.

—Al día siguiente.

—Y supongo que no te ha desheredado.

—Porque no se lo he dicho. La verdad es que me gusta. Me hace sentir... sexy.

Matt se quedó mirando la camiseta, buscando la marca del piercing bajo la tela.

—¿No se te engancha con las cosas?

—En realidad, cuando tiras suavemente,

despacito, es muy erótico.

Él tuvo que tragar saliva. Sabía que no estaría satisfecho hasta que no tuviera aquello entre los dientes.

—He visto algunos en foto, pero nunca he visto uno de cerca.

Emily arqueó una ceja.

—¿Estás diciendo que quieres ver el mío?

«¡Sí, sí, sí!», le habría gustado gritar. Pero no podía pedirle que se levantara la camiseta porque había chicos jugando al baloncesto por allí. Y no pensaba dejar que nadie le viera el piercing más que él.

—Supongo que éste no es buen sitio.

—A lo mejor te gustaría ver mi tatuaje —dijo Emily entonces.

¿Un piercing en el pezón y un tatuaje?

—Me da miedo preguntar dónde está.

Ella se tumbó y empezó a bajarse el pantalón...

—Emily, por favor —murmuró Matt, mirando de un lado a otro.

—Tienes que bajarme un poco el pantalón para verlo.

—¿Que te baje el pantalón? —repitió él, pálido.

Emily tuvo que contener una carcajada. Le gustaba verlo así, le daba una sensación de poder, algo que no había sentido desde aquella noche en el lago.

—Sólo un poco, tonto. Está por debajo de la cintura.

Estaba jugando con fuego, pero no podía parar.

Matt miró alrededor de nuevo, como para comprobar que nadie los miraba. Luego tiró de la cinturilla del pantalón...

—¿Qué es?

—Una orquídea, mi flor favorita.

—Es preciosa —murmuró él, con voz ronca. Como si estuviera acariciando una flor de verdad, pasó un dedo por sus pétalos—. No tienes la marca del biquini.

—Queda más bonito sobre la piel morena.

—Ni siquiera voy a preguntar cómo lo consigues. Y quiero ver el pezón ahora mismo.

—No creo que sea buena idea.

Matt metió la mano por debajo de su camiseta y llegó hasta el borde del sujetador. Emily cerró los ojos. El deseo era tan fuerte que estaba a punto de rendirse.

Entonces se dio la vuelta, sus ojos oscurecidos de deseo.

—No voy a...

Antes de que pudiera terminar la frase, él inclinó la cabeza para buscar sus labios. La reacción fue instantánea. Estaba perdida.

Empezó despacio, sus labios rozándola

suavemente. Emily sintió que le temblaban las piernas bajo la presión de su boca. Despacio, Matt trazó su labio inferior con la lengua. Cuando la rozó con la suya, él apretó sus costados, enviando sensaciones hasta su estómago. Sabía exactamente igual que once años atrás. Olía igual y sus manos eran las mismas.

Entonces recordó que estaban en un parque público... aunque había empezado a oscurecer. Las familias empezaban a guardar sus cosas, los adolescentes que antes jugaban al baloncesto se habían perdido, seguramente para hacer lo que hacían Matt y ella. Nadie estaba mirándolos.

Sólo unos minutos, se prometió a sí misma. Pero esos minutos pasaron enseguida, así que decidió darle unos minutos más.

Matt apretó su estómago, metiendo la mano por dentro de sus pantalones hasta rozar el borde de la braguita.

—Oye, espera...

—Lo sé —murmuró él, tumbándose sobre la hierba—. No vas a acostarte conmigo.

Capítulo siete

MATT apagó el móvil, conteniendo el deseo de lanzarlo contra la pared. La construcción del restaurante estaba paralizada.

Aparentemente, Eric Dixon tenía más poder del que había imaginado. Su abogado insistía en demandar al Ayuntamiento, pero lo último que Matt necesitaba era una larga batalla legal que, al final, sólo serviría para alejar a los clientes de Chapel.

Y cada día que pasaba perdía dinero. Por no hablar de que, hasta que terminasen, estaría obligado a quedarse allí, donde más de uno había dejado claro que no era bienvenido.

La noche anterior, alguien había hecho una pintada insultante en la pared del restaurante. La policía había prometido aumentar la vigilancia en la zona, pero advirtiéndole que sería difícil encontrar al responsable. Y aunque había contratado a un pintor para que solucionara el desaguisado, el mensaje era difícil de olvidar.

Matt observó al equipo recogiendo sus cosas. Tenían que hacer otros trabajos hasta que él solucionara el asunto con el inspector. Eric lo había llamado por la mañana, ofreciéndole una solución económica. Una que le costaría una fortuna. Si hubiera tenido una grabadora para denunciar a aquel canalla...

Matt sabía lo que debía hacer. Había una solución. Sólo tenía que dar el paso. Los padres de Emily habían hecho tanto por él que no sabía cómo pedirles aquel último favor.

Pero entonces todo estaría solucionado.

Sacó el móvil y marcó el número de la empresa de ingeniería en la que trabajaba el señor Douglas, pero su secretaria le dijo que estaría fuera de la oficina toda la semana. Matt llamó a su casa, pero saltó el contestador, de modo que habló con Ty.

—Se han ido a Saugatuck con unos amigos. Volverán el jueves o el viernes, creo.

Una semana entera.

Matt colgó, maldiciéndose a sí mismo por haber esperado. De haber sabido que los Douglas estarían fuera una semana habría hablado antes con ellos. Ahora tendría que esperar al menos un par de semanas más sin hacer nada. Podría volver a Los Ángeles, pero seguían esperando una pieza del avión y la idea de tomar un vuelo regular le apetecía tanto como hacerse la cera... no se la había hecho nunca, pero estaba seguro de que debía ser terrible.

Además, no le apetecía volver a Los Ángeles. No le apetecía trabajar y para él eso era como decir que no le apetecía respirar. La idea de sentarse en su oficina, sumergido en montañas de papeles que sus empleados podían solucionar sin él hacía que se sintiera inquieto. Podía solucionar cualquier asunto importante por correo electrónico. Las reuniones podía mantenerlas por teléfono, la oficina funcionaba perfectamente sin él... Entonces, ¿por qué pasaba tanto tiempo allí?

En el lado positivo, tener unas semanas libres significaba que podría seducir a Emily. El recuerdo de su piel, de aquel tatuaje... y no había podido dejar de pensar en el piercing del pezón. Si hubiera insistido un poco el día anterior podría haber llegado a más, pero eso no era divertido. Cuando llegase el momento, sería Emily quien le suplicara. Y entonces podría hacer todo lo que no había hecho esa noche en el lago. Que no era mucho.

La cuestión era cuál sería su próximo paso. Con tanto tiempo sin tener que trabajar, ¿qué podía hacer?

Cuando el último camión desapareció, Matt miró el edificio, sonriendo; sabía exactamente lo que iba a hacer.

—Hola.

Emily levantó la mirada del ordenador, su traicionero corazón latiendo al ver a Matt.

—Hola. ¿Qué tal?

—He venido a hablar de trabajo.

—Muy bien —Emily intentó sonreír cuando, en realidad, su corazón se había encogido. Seguramente estaba allí para decirle que había contratado otro vivero.

Pero era injusto pensar eso de Matt. Fue ella la agresora la noche anterior, hablando del piercing en el pezón, bajándose los pantalones para que le viera el tatuaje... Seguía sin entender qué le había pasado. Quizá era culpa de Matt, que la miraba como si fuera la única mujer en la tierra. La hacía sentir tan deseable y tan... femenina. No se había dado cuenta de cuánto echaba eso de menos.

Había querido olvidarse de los hombres... al menos por el momento. En su opinión, amenazaban su independencia. La mayoría de los hombres buscaban una mujer a la que pudiesen cuidar, alguien delicado a quien pudieran poner en un pedestal, no una mujer que pudiera ganarles al baloncesto o recitar de memoria el equipo de los Detroit Red Wings. Ella no llevaba maquillaje, no tenía un solo vestido ni deseos de comprarlo... y las medias le daban alergia. Con un metro setenta y ocho, le sacaba la cabeza a muchos hombres.

Alex la quería por lo que había en su interior. Era su mejor amigo, su confidente. Tenía un gusto exquisito en ropa y mejor en hombres. Desgraciadamente, ser amiga de un gay no hacía mucho por el ego de una chica.

Cuando Matt la miraba... como la estaba mirando en aquel momento, Emily se sentía una mujer.

—He tenido un problema con el inspector del Ayuntamiento. Las obras se han paralizado de momento, así que no hay prisa para el presupuesto.

Y eso significaba que perdería la comisión y que su tienda se alejaba un poco más. Estupendo.

—Gracias por decírmelo.

—En lugar de volver a Los Ángeles mientras mis abogados arreglan esto, he pensado tomarme un par de días libres. Ir a pescar, quizá.

—¿Vas a irte de vacaciones?

—Sí, supongo que me las merezco.

Emily lo miró, sorprendida.

—¿Quién eres tú y qué le has hecho a Matt?

—Me gustaría que vinieras conmigo —sonrió él—. ¿Puedes tomarte un par de día libres?

Antes de que Emily pudiera decir que no,

Alex apareció en la puerta.

—Por supuesto que puede tomarse unos días libres —dijo, ofreciéndole a Matt su mano. Como siempre, iba perfectamente peinado, su ropa inmaculada y sus maneras impecables—. Tú debes de ser el famosísimo Matt Conway.

Él apretó su mano, sorprendido.

—Matt, te presento a Alex Marlette.

—Encantado.

—Lo mismo digo. ¿Por qué necesita Emily unos días libres?

—No los necesito. Tengo muchas cosas que hacer.

—Yo me he ido de vacaciones, ahora te toca a ti —dijo Alex—. ¿Dónde piensas llevarla, Matt?

Él miró a Emily, sin entender.

—Pues... ¿a pescar?

—A Emily le encanta pescar. Claro que irá.

—Pero es que tiene que venir el auditor. Tenemos que revisar los libros...

Alex se volvió hacia Matt.

—Perdona, ¿nos dejas solos un momento?

—Esperaré en la puerta —suspiró él, mirando de uno a otro.

Cuando salió, Alex se volvió hacia Emily, abanicándose.

—Por favor, qué guapísimo.

—No pienso irme de vacaciones.

—¡Ésta es tu oportunidad!

—¿De qué, de destrozar mi vida?

—Cariño, este autoimpuesto celibato tuyo se está quedando antiguo. Tómate un par de días libres y pásalo bien.

—No es un celibato autoimpuesto, es que no he conocido a nadie con quien me apetezca acostarme —explicó ella, irritada. Aunque si él supiera lo cerca que había estado la noche anterior...

Emily se pasó una mano por los ojos. Estaba agotada. En unos días, su sensata vida se había convertido en un caos.

—No puedo marcharme así como así. Tengo responsabilidades...

—Yo estaré aquí cuando vuelvas —dijo Alex, tomándola del brazo—. Si no vas, te despediré y nunca tendrás dinero para abrir tu floristería. Te juro que lo haré.

—No lo harás. El vivero se vendría abajo sin mí.

—Cariño, no exageres. No soy completamente inútil.

—Sí lo eres.

—Te pagaré el doble por estos días de vacaciones.

Eso la detuvo. Emily hizo un cálculo mental...

—¿En serio? ¿Me pagarías por irme de vacaciones?

—Eso es. ¿Te vas o no?

—¿Hay algo que no me hayas dicho?

—Sí, que eres una pesada. Vete y pásalo bien.

La idea de estar fuera del vivero un par de días era maravillosa. No recordaba la última vez que se había ido de vacaciones. Estaba demasiado concentrada en ganar dinero para abrir su negocio, pero... ¿qué daño podía hacerle?

—¿Y el auditor? Tenemos que prepararnos para la auditoría.

—Yo me encargaré de eso. No soy tan incompetente como piensas —replicó Alex.

—A lo mejor no quiero irme con Matt. ¿Se te ha ocurrido eso?

—Tienes que hacerlo, cariño. Aunque no quieras admitirlo, después de todos estos años sigues pensando en Matt.

—¿Quién lo dice?

—Tú. ¿Cuántas veces te he pillado mirando su fotografía en las revistas? Se te pone una cara de tonta...

—¡Yo no pongo cara de tonta! —replicó Emily.

—¿Cuándo fue la última vez que tuviste una cita? ¿O una relación? ¿O sexo? ¿Recuerdas lo que es eso?

Emily decidió rendirse.

—¿Me pagarás el doble por estos días? ¿Aunque el vivero apenas pueda mantenerse a flote?

—Te lo pagaré de mi salario. Hoy es jueves y no quiero verte por aquí hasta el lunes.

—¿Seguro que no haces esto sólo para librarte de mí?

—Seguro.

—No sé...

—Si no te vas de vacaciones, le diré a tus padres que no estamos saliendo.

Emily sabía lo que eso significaba: que su madre intentaría liarla con todos los solteros de Chapel.

—No te atreverías.

—¿Que no? —rió Alex, empujándola hacia la calle.

Aparentemente, iba a tomarse unos días de vacaciones. Pero eso no significaba que fuera a pasarlos con Matt.

Él estaba en el aparcamiento, esperándola de brazos cruzados. El sol hacía brillar su pelo y le daba a su piel un tono dorado. Como siempre, al verlo se le aceleró el corazón y sus hormonas empezaron a despertar.

Eso no estaba bien. Después de lo que pasó por la noche en el parque, ir de pesca con Matt no sería buena idea.

—¿Tu novio te ha animado a ir de vacaciones conmigo?

—Eso no significa que vaya a ir —contestó Emily.

—Parece un tipo agradable.

—Y tú pareces sorprendido. ¿Qué pensabas, que sería un monstruo?

—Sabes que no quería decir eso. Pero si fueras mi novia, yo no te animaría a irte de vacaciones con otro hombre.

La pasión con la que lo había dicho alarmó y emocionó a Emily al mismo tiempo. ¿Cómo sería ser la novia de Matt? ¿Y su mujer? Tener casas por todo el mundo, coches caros, un avión a su disposición...

Muy solitario.

Sería horriblemente solitario. Matt trabajaba tantas horas que sería como vivir con un fantasma. El dinero no merecía la pena. Si no tuviese un centavo y trabajase en una oficina de nueve a cinco sería mejor partido.

Además, ella no tenía tiempo para relaciones. Como Matt, le gustaba su trabajo, ser independiente.

Si se casara con él, si eso pudiera pasar, sentiría como... como si se hubiera vendido. ¿Dónde estaría el reto?

Si su negocio no funcionaba como ella esperaba, sería un gran disgusto, pero al menos podría decir que lo había intentado.

—Ven conmigo —dijo Matt entonces—.

Lo pasaremos bien, Emily. Podemos ir donde tú quieras.

—Alex es muy confiado, pero yo te conozco, Matt Conway. Quieres llevarme a la cama.

—Eso no es verdad. Bueno, no es verdad del todo. Sólo me gustaría pasar algún tiempo contigo.

La verdad era que le encantaría ir con él, pero no sabía si tenía fuerzas para seguir luchando. Incluso tenía problemas para recordar por qué estaba luchando.

Ah, sí, porque no quería volver a enamorarse. Porque Matt se marcharía de Chapel y ella se quedaría sola.

—¿Prometes que no intentarás seducirme? ¿Prometes que estas vacaciones serán platónicas al cien por cien?

Él no contestó y Emily suspiró, decepcionada. En fin, al menos era sincero. Podría haber mentido para conseguir lo que quería, pero Matt Conway no era así.

Cuando subió a su furgoneta, Matt dio un golpecito en la ventanilla para que la bajara.

—Si cambias de opinión, llámame por teléfono.

Tenía una expresión tan esperanzada, y era tan guapo, que Emily le dio un beso en la mejilla antes de arrancar.

Emily bajó de la furgoneta y estiró las piernas, respirando el olor a pino y musgo y sintiendo una mezcla de emociones... lo que le pasaba siempre cuando iba a la cabaña del lago.

Le encantaba estar en medio de la naturaleza y, sin embargo, aquel sitio le llevaba tantos recuerdos. Algunos llenos de risas, otros agridulces. Allí había experimentado lo mejor y lo peor de la vida.

Lo mejor, cuando Matt y ella hicieron el amor en la playita del lago, lo peor cuando se despertó a la mañana siguiente. Había estado allí después una docena de veces y seguía experimentando esa misma sensación de pérdida. Quizá no desaparecería nunca.

Suspirando, sacó sus cosas del maletero y entró en la cabaña. Agotada del viaje, tiró la mochila sobre la cama. Ya la desharía después, se dijo. Pensaba disfrutar de las horas de sol que le quedaban y más tarde iría al pueblo a comprar provisiones.

«Sola», le dijo una vocecita.

Sí, ¿y qué? No sería la primera vez que estaba allí sola y seguramente no sería la última.

Mientras se quitaba la ropa, intentaba luchar contra la sensación de soledad. No podía dejar de preguntarse dónde estaría Matt. ¿Dónde habría ido? ¿A su villa en

Italia, al dúplex en Cancún? ¿Y con quién estaría? ¿Habría encontrado a alguien que le hiciera compañía? ¿Una chica que estuviera dispuesta a hacer lo que ella no estaba dispuesta a hacer?

Intentó convencerse a sí misma de que le daba igual, pero no era verdad. Qué situación tan imposible. Dos personas que se sentían atraídas y completamente equivocadas la una para la otra.

Después de envolverse en una toalla, se dirigió al lago. Cuando llegó a la playa de arena, el sol calentaba con fuerza. El barco estaría en el cobertizo del muelle y estaba segura de que habría refrescos en la nevera. El congelador estaría lleno de filetes y hamburguesas listas para la barbacoa.

Emily se quitó las sandalias y enterró los dedos en la arena. Aunque esa parcela de playa era privada, el lago era un hervidero de actividad. El ruido de las motos acuáticas se mezclaba con los gritos de los niños que jugaban en el agua.

Emily colocó la toalla sobre la arena. Los barcos nunca se acercaban por allí, de modo que nadie podría verla desnuda. Y si alguien se acercaba, tendría tiempo de taparse.

Se tumbó en el sitio exacto donde había hecho el amor con Matt y, al hacerlo, sintió el mismo anhelo de siempre.

Aunque había oído innumerables historias terribles sobre el dolor de la primera vez, no tenía miedo. Había soñado con ese momento tantas veces, deseándolo con todo su corazón... No podría haber estado más preparada y Matt había sido tan dulce. Quizá fue su imaginación, pero habría podido jurar que estaba nervioso. Matt Conway, del que decían que lo había hecho con todas las chicas del instituto.

La segunda vez había sido diferente. Entonces fue más descarada y él más agresivo, el Matt del que había oído tantos rumores. El que sabía qué hacer para volver loca a una chica. La tocaba de una forma que, incluso en aquel momento, hacía que sintiera un cosquilleo en el estómago, un anhelo que ningún otro hombre había conseguido aliviar.

La tercera vez, Emily había perdido todas las inhibiciones. Su único objetivo era darle el mismo placer que él le había dado. Cuando volvieron a la cabaña, habían dejado poco por explorar. Se conocían el uno al otro íntimamente.

Pensaba haber olvidado a Matt Conway, pero ahora que estaba de vuelta, ya no estaba tan segura. Quería que fuesen amigos, quería que fuera a visitarlo a California...

Y quería sexo.

Y ella también. Quizá era una boba por decirle que no. Los dos eran adultos. ¿Qué intentaba probar, que podía estar sola? Eso ya lo sabía. Llevaba años sola.

Como si lo hubiera conjurado, Emily oyó la voz de Matt tras ella:

—Ahora entiendo que no tengas marcas del biquini.

Capítulo ocho

EMILY intentó taparse con la toalla. No tendría que haberse molestado porque Matt llevaba un rato mirándola. El tiempo suficiente como para recordar cada detalle. Ahora que había visto aquella gloriosa desnudez, su deseo por ella se había multiplicado por mil. Un deseo no sólo de enterrarse en ella, sino de sentir esa conexión que había sentido una vez, once años atrás.

—¿Qué demonios haces aquí, Conway?

—He venido a pescar —sonrió él.

—¿Me has seguido? —exclamó Emily, levantándose, envuelta en la toalla.

—Mírame a los ojos y dime que no estás contenta de verme, que querías estar sola

—Eso no tiene nada que ver.

Al contrario, tenía mucho que ver.

Matt la siguió hasta la cabaña con una sonrisa en los labios. Había visto en sus ojos un brillo de emoción. Se alegraba de verlo, aunque quisiera disimular.

—No he tenido que seguirte. Sabía que vendrías aquí.

—¿Por qué?

—Porque también yo había pensado venir aquí.

Matt notó que eso la hacía vacilar, pero sólo durante un segundo. Emily se apoyó en el quicio de la puerta mientras sacaba algo de la mochila. Eso era algo que siempre le había gustado de ella: podía meter cuatro cosas en una mochila y no le hacía falta un juego de maletas. Él nunca había salido con una mujer que no exigiera mil cosas. Incluso en el instituto se preguntaba por qué siempre atraía a ese tipo de mujeres.

Se le ocurrió entonces que Emily era completamente diferente a lo que él solía buscar en una mujer. Y entonces se preguntó por que salía con mujeres que lo sacaban de quicio.

—Si has venido sólo para meterte en mi cama, puedes volver a Chapel ahora mismo.

—Ya te he dicho que quiero que seamos amigos. Y cuando me marche de Michigan, quiero que sigamos siéndolo.

¿Por qué cada vez que pensaba en volver a Los Ángeles se sentía completamente vacío?

Emily se volvió hacia él entonces.

—¿Estás diciendo que no quieres acostarte conmigo?

—Claro que quiero. Pero si ahora sólo puedes darme amistad, tendrá que ser suficiente —contestó Matt que, sin embargo, rezaba para que se le cayera la toalla y poder así ver el piercing en el pezón. No podía pensar en otra cosa.

—Deja que me quede, Emily.

—¿Prometes no intentar nada?

—Lo prometo.

—Necesitamos provisiones —suspiró ella—. Tenemos que ir al pueblo.

Dejaba que se quedase, pensó Matt, sonriendo. Era suya.

Aunque aún no lo sabía.

Matt seguía a Emily por los pasillos del supermercado, un negocio familiar que no había cambiado nada en diez años. Aunque, afortunadamente, a pesar de la decoración, había una buena selección de productos.

Y, como tantas otras cosas del pasado, Matt lo había echado de menos más de lo que creía.

—Deberíamos comprar cereales para el desayuno —dijo Emily, tomando una caja.

—¿Sabes cuánto azúcar tiene esto?

—Sí, por eso me gusta. ¿Cómo voy a despertarme por las mañanas si no tomo azúcar?

—¿En serio comes esto? Pensé que las mujeres sólo comían lechuga y tofu.

Ella se encogió de hombros.

—Yo tengo unas buenas caderas y ninguna dieta va a cambiar eso. Así que disfruto comiendo.

—¿Sabes lo que más me gusta de ti? Que tengas caderas. Tienes carne en los huesos... eso es un halago, que conste.

—No estoy yo tan segura.

Emily no sabía lo atractiva que era. No sabía lo difícil que le resultaba no tocarla, no desnudarla con los ojos.

Pero debía ir despacio.

—Lo creas o no, estoy cansado de las mujeres anoréxicas, de las que se levantan de la mesa para vomitar después de cada comida.

Ella lo miró como diciendo: «sí, seguro».

—En serio. He llevado a muchas mujeres a comer en restaurantes de cinco tenedores y te aseguro que van al baño después de cada plato. Una vez salí con una modelo que se disculpó para vomitar, literalmente, después de una cena.

Emily hizo una mueca.

—Por favor... vaya amistades, Conway.

—No son amigas mías... más bien se pegan a mí.

—La gente te respeta. Quieren estar contigo.

—Respetan lo que creen que soy.

—¿Y cómo van a conocerte si no te muestras tal como eres?

—¿Y si entonces ya no se quedan impresionados? —replicó Matt. Inmediatamente hizo una mueca, no había querido decir eso.

Emily sonrió.

—O sea, que el viejo Matt sigue por ahí.

—¿Quién?

—El Matt que conocí de niño. El que parecía muy seguro de sí mismo pero que, por dentro, se sentía inadecuado.

Sus palabras lo dejaron atónito.

Se equivocaba. Simplemente, valoraba su privacidad y era muy particular sobre a quién dejaba entrar en su vida. Había dejado atrás esas inseguridades cuando se marchó de Michigan.

¿O no?

—No pasa nada. A mí me gusta el viejo Matt.

Turbado por sus palabras, la siguió en silencio hasta la caja, donde Emily tomó media docena de chocolatinas.

Pero cuando sacó el monedero, Matt intentó impedírselo.

—De eso nada, pago yo.

—¿Por qué?

—Porque sí. El hombre debe pagar por la comida.

—Por favor, ahórrame las chorradas sexistas, Conway.

—Sexista o no, pago yo.

Emily arrugó el ceño.

—No me gusta que nadie pague por mis cosas.

—A mí tampoco y yo también voy a comer.

La cajera miraba de uno a otro como si estuvieran seriamente perturbados.

—Alguien tiene que pagar.

—Podríamos hacerlo a medias —sugirió ella.

—Muy bien, de acuerdo —suspiró Matt. No entendía nada. Sabía que apenas llegaba a final de mes, pero se empeñaba en no dejarle pagar... Él no estaba acostumbrado a eso.

Cuando salieron del supermercado, insistió en conducir de vuelta a la cabaña. Conocía tan bien aquel sitio que podría haber vuelto con los ojos cerrados. La cabaña de madera, medio escondida entre los árboles, estaba igual que cuando eran niños. Más allá, podía ver el lago. El olor a pino, a tierra y la brisa que movía las ramas de los árboles le daban la bienvenida como a un viejo amigo.

Eso lo emocionó. Había echado de menos tantas cosas de su antigua vida... pero no se había dado cuenta hasta que volvió a casa.

—Deberíamos guardar los aperos de pesca en el barco, así saldremos temprano por la mañana —dijo Emily, mientras llevaba las provisiones a la despensa.

—¿Sigue en el cobertizo?

—Debería.

—Tú guarda las cosas, yo me encargo de lo demás.

Ella se puso en jarras.

—A ver si lo adivino: ¿guardar las cosas en la despensa es cosa de mujeres?

Matt soltó una carcajada. Sus ideas eran horriblemente machistas y, sin embargo, Emily no podía enfadarse. Los hombres solían verla como uno más y no hacían diferencias. No le abrían la puerta, no se ofrecían a pagarle la comida... y tampoco la miraban con ganas de arrancarle la ropa como la había mirado Matt en la playa. Por supuesto, no tenía ropa que arrancar en ese momento...

Él no parecía notar que no tenía nada que ver con una modelo. Y, sin embargo, no había ninguna duda de que el deseo era mutuo. Pero, ¿durante cuánto tiempo? ¿Le pediría que fuese con él a California?

Daba igual, pensó, guardando las cosas en la despensa. Ella no quería irse de Michigan. Tenía sus planes. Su familia y sus amigos vivían allí. Chapel era su casa y no la abandonaría por nadie. Ni siquiera por Matt.

Y, sin embargo, una inexplicable tristeza la embargó. ¿Por qué, si una relación estaba destinada al fracaso, se empeñaba en soñar con ella?

Cuando se acercó a la playa, Matt seguía en el barco.

—Todo está igual que siempre —dijo, sonriendo.

Emily miró alrededor. Nada parecía cambiar por allí y, sin embargo, todo era diferente.

—¿Estás bien?

—Sí —mintió ella—. ¿Por qué?

Matt se metió las manos en los bolsillos del pantalón.

—No sé, porque me mirabas de una forma un poco rara. Parecías... triste. ¿Lamentas algo?

—No lamento nada, Conway. ¿Lo lamentas tú?

¿Cómo iba a lamentar la experiencia más increíble de su vida? ¿Cómo iba a lamentar haber conectado con otro ser humano como conectó con Emily?

—Nunca. Sólo lamento haberte hecho daño.

Ella asintió.

—Sí, eso no estuvo bien.

—Quizá algún día, en un par de años, cuando las cosas estén más tranquilas...

Emily se llevó una mano al pecho.

—No te emociones, corazón. Esperaré hasta el fin de los tiempos que vuelvas a mí

—dijo, irónica.

—Demasiado pedir, ¿eh? ¿Es por Alex? —sonrió Matt.

—Alex es muy especial.

—¿Lo quieres?

Ella apartó la mirada.

—Es mi mejor amigo. Gracias a él sigo cuerda.

Matt sintió algo muy parecido a un ataque de celos. Que hubiera encontrado un sustituto como mejor amigo era incluso peor que saber que se acostaba con otro hombre. Matt quería volver a ser su amigo. Lo deseaba tanto que le dolía. Pero quizá ya no tenía sitio en su vida para él.

Tendría que hacerle sitio, se dijo. Porque él quería estar allí y no pensaba aceptar un no por respuesta. La necesitaba. Ya no lo hacía por su familia, ni siquiera por Emily, sino por él mismo, por lo que él quería.

Sólo tenía que averiguar qué era exactamente lo que quería.

—¿Por qué no nos ponemos el traje de baño y nadamos un rato antes de cenar?

—¿Quién necesita traje de baño? —sonrió Matt, quitándose la camisa—. Podemos bañarnos con la ropa.

—¿Con la ropa?

—Recuerdo que te encantaba nadar con la ropa puesta.

—Conway, la única vez que me he bañado con la ropa puesta es cuando tú me tiraste... —al ver el brillo burlón en sus ojos, Emily no terminó la frase—. No te atreverás.

—¿Qué clase de vacaciones serían éstas si no te tirase al agua? Es una tradición.

—Esa tradición no me interesa nada, gracias —replicó ella, dando un paso atrás. Cuando vio que Matt la imitaba empezó a correr pero, a pesar de su rodilla lesionada, fue más rápido y la tomó por la cintura.

—¡Suéltame, bruto!

—De eso nada.

—¡Suéltame, pedazo de idiota! Estás muerto, Conway. Cuando menos te lo esperes, me vengaré.

—Huy, qué miedo —rió él, tirándola al lago de cabeza.

Emily se hundió... pero no reapareció enseguida y Matt empezó a preocuparse. Emily había estado en el equipo de natación del colegio y seguramente estaría escondida entre las rocas para darle un susto...

—¡Sé lo que estás haciendo y no pienso tragármelo!

Entonces sintió una mano mojada en la espalda. Cuando se volvió, vio dos pechos perfectos bajo una camiseta empapada. Y, ah, demonios, la silueta del excitante piercing. Luego cayó de cabeza al agua.

Matt tomó el móvil de la mesa, donde lo había puesto a secar, sintiendo algo parecido al pánico. En la cabaña no había teléfono y, sin línea telefónica, no podía conectarse a Internet. Y Emily no llevaba móvil. Todo el planeta tenía móvil, o eso creía él.

Estaba completamente alejado del mundo y se sentía raro, como si le faltase un brazo o una pierna. Pero debía estar seriamente enfermo si no podía sobrevivir tres días sin teléfono.

—¿Está seco ya? —preguntó Emily, mientras tiraba a la basura los restos de la cena.

La pobre se sentía fatal por haberlo tirado al agua con el móvil en el bolsillo, pero era culpa suya. Si no la hubiese tirado primero... además, gracias a eso había visto la silueta de ese piercing que quería tomar entre los dientes para dar un tironcito... aunque era una tortura pensar en ello.

Pero era una tortura aún peor no poder conectar con su secretaria.

—No, todavía no.

—Lo siento mucho, Matt. Si hubiera sabido que llevabas el móvil en el bolsillo...

—Ya te he dicho que no es culpa tuya.

—Si puedo compensarte de alguna forma...

Oh, cielos, ¿cuántas veces iba a recibir una oferta así? ¿Por dónde podría empezar?

Se le ocurrían varias maneras en las que podría compensarlo, pero estaba seguro de que Emily no pensaba lo mismo que él.

La sola idea lo excitaba.

Pero necesitaba llevar sangre a su cerebro, tenía que pensar.

—Si está estropeado, te compraré otro.

—Eso no importa, mujer.

—Pero estás preocupado por el trabajo.

No sólo por eso. Había dejado un mensaje en el contestador de los Douglas pidiéndoles que lo llamaran en cuanto fuera posible para un asunto urgente. Cuanto antes hablara con ellos, antes podría reemprender las obras. O eso esperaba.

—Puedes volver a Chapel. Si te vas ahora mismo, llegarás a la una de la mañana.

La idea de no poder estar en su oficina, de no poder usar el teléfono, hacía que le entraran sudores fríos. Pero estaba peor de lo que pensaba si no podía tomarse ni siquiera un par de días de vacaciones. ¿Estaba atado a la empresa de tal forma que se había convertido en una obsesión?

Quizá había llegado el momento de ordenar sus prioridades. Quizá era el momento de vivir un poco. Se había prometido a sí mismo unas vacaciones y si eso significaba alejarse del mundo, lo haría.

—No pienso ir a ningún sitio.

—Pero eres un hombre importante, Matt. Entiendo que tienes responsabilidades y no me importa quedarme aquí sola.

—Probaré el móvil por la mañana. Si no funciona, llamaré a mi secretaria desde el pueblo. Ella se encargara de todo.

—¿Estás seguro?

Tan seguro como podía estarlo en su presente estado mental.

—Termina de hacer lo que estés haciendo y luego reúnete conmigo en la playa.

—¿Qué vas a hacer?

—Buscar leña. Vamos a hacer una hoguera.

Capítulo nueve

CUANDO Emily bajó a la playa, equipada con todo lo necesario, Matt había hecho una buena hoguera. Pero al ver la manta se detuvo, sorprendida. No era la manta, sino dónde la había puesto: exactamente donde la pusieron once años atrás para hacer el amor. Y tenía que haberlo hecho deliberadamente.

Debería haberse enfadado, pero sólo podía imaginarse a sí misma tumbada allí, con Matt, sus miembros entrelazados...

Aquella vez, las fronteras de su relación estaban bien definidas: amistad con un poquito de sexo. Y, sinceramente, empezaba a creer que los pros eran más que los contras. Ya había decidido que si Matt daba un paso, no lo rechazaría. Dejaría que la naturaleza siguiera su curso.

Emily se sentó en la manta, un poco nerviosa. Oía el canto de los grillos y el sonido de las olas que llegaban suavemente a la playa. La hoguera crepitaba, enviando nubes de humo que se perdían ente los árboles. Era un momento tranquilo, sereno... hasta que Matt echó otro tronco en la hoguera, el brillo naranja acentuando su musculoso antebrazo. Emily sintió el mismo miedo que once años atrás. ¿La besaría? ¿La tocaría? ¿Tendría valor para dar el primer paso si no lo hacía él?

Matt se tumbó a su lado. Tan cerca como lo haría un amigo y lo suficientemente lejos como para que fuera frustrante.

—Yo creo que tenemos leña para rato.

—He traído nubes para quemar —dijo ella entonces, abriendo una bolsa.

—Hace siglos que no como nubes —sonrió Matt.

En realidad, a Emily no le apetecía el dulce... le apetecía más el salado de su piel.

«Puedes intentar seducirme cuando quieras», pensó.

—No has respondido a mi pregunta —dijo él entonces.

—¿Qué pregunta?

—Te pregunté antes si querías a Alex.

—Sí —contestó ella—. Pero no como tú crees. La verdad es que... salimos con otras personas.

Podría haber jurado que vio alivio en sus ojos.

—Pero no puedes decírselo a mis padres. Ni a mi hermano.

—¿Por qué no?

—Porque mis padres están decididos a casarme como sea. No pienso volver a ir a una cena con uno de los empleados de mi padre o con el hijo de algún amigo. Tener novio es la única forma de que me dejen en paz.

—¿Por qué no les dices que te dejen vivir tu vida?

—Matt, tú deberías saber que eso no funciona. No me hacen ni caso.

—Pero podrías intentarlo.

—¿Qué crees, que no lo he intentado? Llevo toda mi vida haciéndolo. He tenido que luchar por mi independencia con uñas y dientes, pero siempre toman decisiones por mí... Cuando decidí jugar al baloncesto, mi madre me apuntó a ballet. En la guardería, decidió que llevar vaqueros no era apropiado para una chica y me obligaba a ponerme vestidos.

—No recuerdo haberte visto nunca con un vestido.

—Porque decidí levantarme la falda y enseñarle las bragas a los niños.

Matt soltó una carcajada.

—¿En serio?

—Y tan en serio. ¿No te parece triste que una niña de seis años tenga que llegar a tales extremos? No me aceptan como soy, se niegan.

—Sólo quieren lo mejor para ti.

—¿Y quién decide qué es lo mejor para mí?

Matt se preguntó entonces si debía decirle lo que había tramado su familia, pero inmediatamente decidió que no era buena idea. Si lo hiciera, Emily podría pensar que sus sentimientos por ella no eran auténticos. Y tampoco podía decirle a su familia lo que ella le había dicho. En otras palabras, estaba atrapado.

Pero estaba claro que no iba a dejar su trabajo, lo cual representaba un problema. Quizá debería hablarle de las sospechas de Ty. Quizá también ella habría visto algo raro y sumaría dos y dos... Si no le decía nada y Emily se metía en un lío por su culpa, nunca se lo perdonaría a sí mismo.

—Oye, sobre Alex... ¿confías en él?

Emily estaba pinchando una nube para colocarla sobre la hoguera.

—Le confiaría mi vida. ¿Por qué lo preguntas?

—No, bueno, es que he oído cosas.

—¿Qué cosas?

—¿Sale mucho del país?

—Un par de veces al año.

—¿Y recibís paquetes de otros países?

—De vez en cuando, pero sobre todo son de aquí. ¿Por qué estás tan interesado en Alex?

—¿Sabes lo que hace cuando sale del país?

—Creo que sí.

—¿Estás segura?

—Matt, ¿por qué insistes tanto?

—Dicen por ahí que podría estar metido en algo… poco claro.

—¿Poco claro?

—Drogas, Emily.

En lugar de parecer preocupada, ella soltó una risita.

—¿Drogas? Lo dirás de broma, ¿no?

—Podrías meterte en un buen lío por su culpa.

—No estoy en peligro, tranquilo.

—¿Cómo puedes estar tan segura?

—Veo todos los paquetes que entran y salen del vivero. Es imposible que Alex trafique con drogas sin que yo me entere. Por favor, si ni siquiera se acuerda de pagar la factura del gas a tiempo. ¿Quién puede haberte metido esa absurda idea en la cabeza? Ah, no me lo digas, te lo ha dicho Ty.

Su expresión debía decirlo todo.

—Será idiota.

—Está preocupado por ti, Emily.

—No, lo que pasa es que no le cae bien Alex y no quiere que le caiga bien a nadie —replicó ella, furiosa—. Es tarde. Si vamos a levantarnos temprano para ir de pesca, será mejor que nos acostemos ya.

—Emily…

—Estoy enfadada, Conway —lo interrumpió ella, levantándose—. No contigo, con todo el mundo. Hasta mañana.

Matt la vio alejarse entre los árboles. Lo había estropeado todo. Podría haber sido suya si se hubiera quedado callado.

Y estaba equivocada sobre Ty. No era un idiota.

El idiota era él.

Emily estaba tumbada en la cama, mirando las vigas del techo, incapaz de pegar ojo y tan enfadada que podría haber matado a alguien. El ventilador que había sobre la cómoda sólo hacía circular el aire caliente y estaba empapada de sudor. Emily miró el reloj de la mesilla: la una de la mañana.

Una cosa era que Ty le contase a la gente que no le caía bien Alex, a eso estaba acostumbrada. ¿Pero extender rumores de que traficaba con drogas? Eso era pasarse de la raya. Pero no podía decírselo a su hermano porque entonces sabría que Matt se lo había contado...

Demasiado enfadada para dormir, Emily se levantó de la cama. Quizá se estaría mejor cerca del agua, pensó, saliendo de puntillas al pasillo.

La puerta del cuarto de Matt estaba abierta y podía ver la silueta de su cuerpo en la cama. Era demasiado grande para ese colchón y le colgaban los pies de una manera muy cómica. Aquello tenía que ser completamente diferente al lujo al que estaba acostumbrado, pensó.

No podía oír su respiración, pero veía su pecho subiendo y bajando rítmicamente. Su pecho desnudo, notó, con un cosquilleo en el estómago. Estaba tapado hasta la cintura por la sábana y se preguntó qué llevaría debajo. En el instituto se acostaba en calzoncillos. Al menos, cuando dormía en su casa. A veces lo veía en la habitación de su hermano, tumbado sobre una cama demasiado pequeña para él ya entonces, en calzoncillos.

Considerando la poca experiencia que tenía con los hombres, Emily vivía para momentos como ése. Se sentía malísima por espiarlo, pero la excitaba verlo así. Tan vulnerable, tan tranquilo. Una vez vio más de lo que esperaba al comprobar que los calzoncillos le quedaban más ajustados de lo normal. Mucho más ajustados.

Se había puesto roja de vergüenza y tuvo una sensación de ahogo que la hizo temblar. Pero quería ver lo que escondía debajo de los calzoncillos. Sólo cuando oyó a su madre subiendo la escalera se encerró en el cuarto de baño.

La sensación que no había reconocido

entonces había sido más clara la noche de la playa. Era deseo. El mismo deseo que sentía en aquel momento.

Dejando escapar un suspiro, Matt se tumbó de lado, arrastrando la sábana con él. Aparentemente, ya no se ponía calzoncillos para dormir. Ahora no llevaba nada.

Su producción de estrógenos aumentó de inmediato.

Emily miró el contorno de su masculino trasero, deseando poder meterse en la cama con él. Las cosas iban tan bien... hasta que soltó la bomba.

Alex vendiendo drogas. Ridículo.

No sólo ridículo, absurdo.

Con una lata de cerveza en una mano y una manta en la otra, Emily se dirigió al lago. El calor era menos opresivo allí y la idea de darse un baño era más que apetecible.

La hoguera estaba a punto de apagarse, así que echó un par de troncos, colocó la manta sobre la arena y se dirigió a la orilla con la cerveza en la mano. Si aguzaba el oído podía oír música y risas que llegaban de algún sitio. Deberían ser Matt y ella, pensó. Riendo y hablando de los viejos tiempos. Y reviviéndolos luego con todo detalle.

Ese pensamiento le dejó un sabor amargo en la boca. Al día siguiente, se prometió a sí misma.

Alejada de la hoguera estaba tan oscuro que tenía que ir tanteando. Emily dejó la cerveza en la arena y se quitó la ropa. Nadar un rato aliviaría la tensión de sus músculos, de su alma.

Nadie pasaría por allí a esas horas de la noche y, aunque fuera así, estaba tan oscuro que no verían nada.

Claro que había pensado lo mismo esa mañana... Afortunadamente, Matt estaba dormido.

Nadó hasta que empezaron a dolerle los brazos y luego flotó un rato boca arriba, dejándose mecer por las olas. Sobre su cabeza, el cielo cubierto de estrellas. Emily cerró los ojos, suspirando, antes de volver a la playa. Cuando salía del agua buscó a tientas la cerveza que había dejado en la arena... pero lo que encontró fue una pierna masculina.

Emily lanzó un grito y Matt una carcajada.

—¿Estás intentando que me dé un infarto?

—¿No te han enseñado que no se debe nadar y beber alcohol al mismo tiempo?

—¿Qué haces aquí?

—Verte nadar desnuda, supongo.

Emily se cubrió los pechos con las manos.

—Pensé que estabas durmiendo.

—No, era mentira.

—¡Pero bueno...!

—Pues no pareció importarte cuando me mirabas el trasero.

—¿Lo hiciste a propósito? —exclamó ella, atónita.

—No hacía falta esperar hasta que estuviera dormido. Sólo tenías que pedírmelo y te lo habría enseñado.

Había poca luz, pero cuando Matt se bajó los pantalones Emily pudo ver que seguía teniendo un cuerpo magnífico, como cuando estaba en el instituto.

—Me aburría solo en la cama —dijo él con voz ronca, mientras daba vueltas a su alrededor, como un tiburón frente a su presa.

El corazón de Emily latía con fuerza y cerró los ojos, esperando sentir sus manos de un momento a otro. Temblaba de anticipación, pero Matt no la tocó.

—¿No quieres nadar?

En realidad, a ella le apetecía más hacer el amor.

Había llegado el momento de tomar la iniciativa, aunque no tuviera mucha experiencia. Pero, ¿y si él ya no la deseaba? Si la rechazaba, se moriría de vergüenza. Había tardado años en reunir coraje para hablarle de sus sentimientos la primera vez. Aunque, desde que había vuelto a Chapel, era él quien la perseguía y ella quien le daba calabazas.

Matt la miraba desde lejos. Recortado contra la luz de la hoguera podía ver el perfil de sus pechos. No podía dejar de pensar en ese piercing. Se había convertido en una obsesión.

En su vida, nunca había deseado tanto tocar a una mujer. Por supuesto, nunca había conocido a nadie como Emily Douglas. Cuando la oyó caminar por el pasillo, esperaba que se metiera en su cama, pero le gustaba más la idea de hacer el amor en la playa. Una reunión después de once años. Podrían convertirlo en una tradición... aunque no estaba seguro de que quisiera esperar otros once años para estar con ella. Quizá debería ser una reunión anual, incluso mensual. O diaria, eso sería estupendo.

Quizá cuando terminase el restaurante. Quizá entonces podría empezar a pensar seriamente en una relación. Con Emily. Si ella quería.

Se acercó nadando, pero no tanto como para tocarla, disfrutando de la anticipación. Cada vez que ella se acercaba, él se alejaba.

Por fin, desnuda de cintura para arriba, su piel brillante, sus pezones pidiendo a gritos ser acariciados, Emily se dio la vuelta.

Algo le decía que no lo estaba pasando tan bien como él. Y cuando se cubrió los pechos con las manos, supo que la había perdido.

—Me voy a la cama —murmuró, nadando hacia la orilla.

—Espera. ¿por qué te vas?

—Porque, evidentemente, tú no me quieres aquí. Cada vez que me acerco, te alejas.

—Lo siento —dijo Matt entonces, abrazándola. Era tan suave... eso era lo que había olvidado. Emily tenía un lado muy suave, muy vulnerable. Al contrario que las mujeres que entraban en contacto con él, las barracudas. Las que no dudaban en decirle a un hombre lo que querían y lo que estaban dispuestas a dar a cambio.

¿Qué le había hecho pensar que Emily era una de esas mujeres?

Se sentía como un imbécil por no haber visto el asunto desde su punto de vista. Volvía a Chapel después de once años, la buscaba durante días y cuando, por fin, ella daba un paso, él se apartaba. ¿En qué demonios estaba pensando?

—Me confundes —dijo Emily en voz baja—. ¿Me deseas o no?

—Claro que sí —contestó Matt—. Perdóname, he sido un idiota. Lo siento. Pensé que sería divertido que tú me buscaras y...

—Podrías tener a cualquier mujer. ¿Por qué te importo yo?

Él tomó su cara entre las manos.

—Porque de todas las mujeres del mundo, sólo te quiero a ti.

Capítulo diez

LO había dicho en voz alta... algo que llevaba años negándose a admitir. Y la tierra no se había abierto a sus pies. En realidad, se alegraba de haberlo dicho; era como una liberación.

Emily se limitó a sonreír, pasando tiernamente una mano por su cara. No sabía si le creía o pensaba que sólo lo había dicho para conseguirla. Pero daba igual porque enredó los brazos alrededor de su cuello y lo besó en los labios.

El beso empezó siendo cálido y acabó siendo una explosión. Era como si estuviera hambrienta y sólo el sabor de su boca pudiera satisfacerla.

Matt se olvidó de todo. Sólo existía Emily, su cuerpo apretado contra él, sus pechos aplastados contra su torso.

La envolvió en sus brazos, pasando las manos por sus hombros, por su espalda, por su pelo. Todo en ella era suave, aunque no la imaginaba comprando cremas y lociones caras. Todo en ella era puro y natural. Lo cual era más de lo que podía decir de sus pensamientos en aquel momento. Que eran de todo menos puros.

Cuando agarró su trasero, Emily se arqueó hacia él.

—¿En la cabaña o en la playa? —preguntó Matt con voz ronca.

—En la playa.

No le había decepcionado.

—Vamos.

Ella enredó las piernas alrededor de su cintura, pero aun así se resbalaba.

—Es difícil impresionarte con mi fuerza si no dejas de resbalarte. Agárrate más fuerte, no quiero que te caigas.

—No te preocupes, ya estoy impresionada.

Cayeron sobre la manta, riendo. Matt la miraba de arriba abajo, deseando hacerle el amor. Había pasado tanto tiempo desde la última vez que la vio así que casi había olvidado lo preciosa que era. Y quizá en su juventud no pudo disfrutar de verdad de lo que ella le ofrecía. Ninguna modelo, ninguna actriz podría compararse con ella. Brillaba desde dentro. Lo que le dio esa noche era un regalo que no había apreciado de verdad hasta aquel momento. Ahora se daba cuenta de lo vacía que estaba su vida sin ella.

Entonces no tenía tiempo para Emily, pero ahora… ¿qué diría si le pidiera que fuera con él a California? La posibilidad daba vueltas en su cabeza. ¿Estaba preparado para ese tipo de compromiso?

Lo único que sabía seguro era que nada le había emocionado tanto como tener a Emily Douglas entre sus brazos. Once años atrás y ahora.

La luz de la hoguera jugaba con su piel, haciendo sombras. No había nada en ella que no lo excitase. Su cuerpo era largo y delgado y, sin embargo, muy femenino. Había madurado, se había llenado en los sitios adecuados. Sus ojos fueron entonces al diminuto anillo de oro en el pezón izquierdo. Brillaba bajo la luz de la hoguera...

—Es precioso —murmuró, acariciándolo—. Ah, mi vida está completa ahora.

Emily rió.

—Eres fácil de complacer.

—No tienes ni idea de cuánto había deseado hacer esto. Y esto... —mirándola a los ojos, Matt inclinó la cabeza y tomó el anillo entre los dientes.

Ella cerró los ojos.

—Muy sensible, ¿verdad?

—Sí, mucho.

—Supongo que no se te ocurrirá ponerte otro —dijo Matt, tirando un poquito más.

—Podría ser —contestó Emily con voz ronca.

Si lo hiciera, ¿estaría él allí para disfrutarlo? ¿O despertaría por la mañana pensando que no estaba preparado para comprometerse con nadie? ¿Podría ser feliz con Emily pensando que le faltaba algo? ¿Sería eso justo para ella?

Emily rozó uno de sus pezones con un dedo y Matt sintió un escalofrío.

—Tú también podrías ponerte uno.

Si eso la hacía feliz, podría considerarlo. En aquel momento, podría pedirle lo que quisiera.

Inclinando la cabeza, se metió el anillo y el pezón en la boca. Ella lanzó un gemido, enredando los dedos en su pelo.

Para que el otro pezón no se sintiera solo, Matt lo mordisqueó. Pero el anillo lo llamaba como un imán.

Sintió las manos de Emily deslizándose por su torso, por su estómago. Cuando agarró su miembro, fue una sensación tan deliciosa que podría haberse desmayado.

Entonces lo tiró de espaldas sobre la manta y se apoyó en un codo para acariciarlo a placer. Cuando inclinó la cabeza y rozó la sensible punta con la lengua, Matt dejó escapar una especie de gruñido salvaje.

Entonces, sin dejar de mirarlo a los ojos, lo rodeó con la boca. Si fuera otra mujer no le habría resultado tan excitante, tan erótico. Su total falta de inhibiciones lo dejaba perplejo. Aquella primera noche, ella había aceptado lo que le daba, entregándoselo todo. Eso no había cambiado.

Cuando habría sido muy fácil relajarse y dejar que ella hiciera todo el trabajo, Matt se apoyó en un codo, sabiendo instintivamente que Emily quería que la mirase. También fue así once años atrás. Como si temiera que, si dejaba de mirarla, ella dejaría de existir. Había sido tan íntimo, tan profundamente personal... Había sentido una conexión que no experimentó jamás con otra mujer.

El placer aumentaba hasta que Matt empezó a perder el control. Observando cada uno de sus movimientos, era imposible no perderlo. Emily era tan... caliente y, sin embargo, había en ella una inocencia que lo sorprendía.

—Emily, para... Estoy muy cerca.

—Puedo seguir... si tú quieres.

Matt negó con la cabeza.

—¿No te gusta?

—Me gusta demasiado. Pero las señoras primero.

—¿Estás seguro?

—Me lo estás poniendo muy difícil —dijo él entonces, con voz ronca.

—Tonterías sexistas —rió Emily, inclinando la cabeza para volver a rodearlo con la boca. Pero Matt la tumbó sobre la manta—. Espera... esto no es justo.

—Pues demándame —sonrió él, inclinando la cabeza para tomar el anillo entre los dientes de nuevo, tirando hasta hacerla sentir escalofríos. Luego se metió todo el pezón en la boca y lo chupó con tanta fuerza que Emily lanzó un grito.

Matt se echó hacia atrás.

—Perfecto —murmuró, al ver la punta del pezón, roja por la intensa succión.

—No es muy grande.

—Emily, tus pechos son perfectos. Todo en ti es perfecto.

Si estaba mintiendo, le daba igual. Sólo quería que siguiera tocándola.

Matt empezó a besar su estómago y luego más abajo, su vientre, su ombligo. Entonces separó sus piernas, como había hecho aquella primera noche. Y Emily se sintió presa de la misma excitación. Había oído a las chicas del instituto hablar sobre el sexo oral... sonaba como algo tan prohibido, tan maravilloso. Pero no creía que la gente lo hiciera de verdad. Los adultos, quizá, con años y años de experiencia. Pero los adolescentes no.

Sin embargo, con Matt no había nada que no quisiera probar. Y lo probó. Él le había dado el primer orgasmo de su vida de ese modo. Y ella no había dudado en devolverle el gesto. No había nada desagradable en ello. La expresión de Matt, el placer que veía en su rostro hacía que todo mereciese la pena.

—Estás pensando en esa noche —dijo él entonces.

—Sí, es verdad.

—¿Recuerdas cómo te tocaba?

—Sí.

—¿Recuerdas esto? —Matt inclinó la cabeza, acariciándola suavemente con la lengua...

—Sí —contestó Emily, arqueándose.

—Tranquila, tranquila.

¿Tranquila? Lo diría de broma.

Lo hizo otra vez, acariciarla con la lengua. Era sólo un roce y Emily tenía que hacer un esfuerzo para no moverse, para no empujar su cabeza hacia abajo... Pero no, Matt estaba acariciando su muslo, su rodilla, ¡su tobillo!

Estaba yendo en la dirección equivocada.

—¿Tienes prisa? —preguntó, cuando ella emitió un suspiro de impaciencia.

—No recuerdo que la última vez tardases tanto.

—Porque éramos adolescentes.

Pero entonces, por fin, Matt separó sus piernas y empezó a... ¡morderla! Suavemente. Emily sujetó su cabeza para que no pudiera volver a escaparse. La mordisqueaba, la chupaba... por todas partes, excepto donde debía hacerlo. A lo mejor se le había olvidado cómo o necesitaba que le refrescasen algunos cursos de anatomía.

Emily se aclaró la garganta.

—No me metas prisa —protestó Matt.

Siguió jugando, ahora directamente en el objetivo, haciendo que el placer se incrementase hasta que Emily estaba a punto de... entonces Matt se incorporó.

—Mírame.

Ella abrió los ojos. Iba a hacerle el amor otra vez. Casi no podía creer que estuviera pasando. Durante un segundo pensó que le haría daño, pero no fue así. La llenaba tan completamente que emitió un gemido ante la repentina invasión.

—Emily...

Con cada embestida, el placer aumentaba hasta límites increíbles. Hasta que, por fin, explotó, abrazándose a él, enredando los dedos en su pelo, arañando su espalda.

Matt siguió empujando hasta que lo sintió llegar al orgasmo unos segundos después. Cayó sobre ella sin decir nada, jadeando profundamente. En su vida, nunca había estado tan cerca de otra persona. Ni física ni espiritualmente.

Era oficial, después de estar con Matt Conway no podía estar con otro hombre.

—¿Estás bien?

—¿Tienes que preguntar? —sonrió Emily.

—Sólo quería asegurarme —dijo Matt, besando la punta de su nariz—. Casi diría que... pero no.

—¿Qué? Dímelo.

—Eras tan...

—¿Sí?

—Tan estrecha. Es como si no hubieras hecho el amor desde... —Matt sacudió la cabeza—. Estoy soñando, supongo.

Emily se mordió los labios. De modo que se había dado cuenta. No era algo que ella intentase ocultar, pero le daba un poco de vergüenza.

—No dices nada. ¿Qué pasa?

La verdad debía estar escrita en su cara. Eso explicaría la expresión de incredulidad en el rostro de Matt.

—No te atrevas a pensar que me estaba reservando para ti o algo así de patético.

—¿Quieres decir que... no has estado con ningún otro hombre?

—Lo que ocurrió entre nosotros fue tan... especial. Todo el mundo dice que la primera vez es horrible. Para mí, fue perfecto. Fue todo lo que esperaba y más. Supongo que no quería arruinar eso.

—Para mí nunca fue igual... —Matt no terminó la frase.

—¿Igual que qué?

—No lo sé.

¿Igual que con ella?, le habría gustado preguntar. Era lo que desesperadamente necesitaba oír.

Un golpe de brisa la hizo sentir un escalofrío. Emily se apretó contra él, buscando su calor. Entonces tuvo una revelación repentina y el escalofrío se convirtió en miedo.

—Dime que hemos usado algo.

—Sí, llevaba un preservativo.

—Menos mal que uno de los dos pensaba con la cabeza.

Matt miró alrededor.

—¿Qué pasa?

—Espero que nadie tenga gafas de visión nocturna.

—O una cámara.

—Vaya, eso no se me había ocurrido. Pero no creo que ningún paparazzi me haya seguido hasta aquí.

—Lo decía de broma. ¿De verdad te siguen los paparazzi?

—De vez en cuando. Sobre todo, cuando salió esa portada en *People*. Pero mi secretaria sabe que no debe dar información personal.

—Quizá deberíamos volver a la cabaña. Ni siquiera me gusta mirarme el trasero en el espejo... No me quiero ni imaginar que saliera en una revista.

—¿Y la ropa?

Ella miró en dirección a la orilla. Estaba demasiado oscuro.

—La recogeremos mañana.

—¿Quieres que volvamos a la cabaña desnudos?

—¿Te da miedo la oscuridad?

—En realidad, me da miedo que ciertas partes de mi cuerpo se enganchen en una rama.

—Sí, eso sería horrible —rió Emily—. ¿Qué tal si nos envolvemos con la manta?

—Buena idea.

Como caminar descalzos por el bosque era un peligro, se pusieron las sandalias y, envueltos en la manta, fueron riendo hasta la casa.

Cuando llegaron eran casi las tres de la mañana y, en cuanto estuvieron dentro, Matt la tomó por la cintura y empezó a besar sus hombros.

—Se supone que debemos levantarnos dentro de una hora para ir de pesca —le recordó Emily.

—Yo prefiero hacer el amor toda la noche antes que ir a pescar. De hecho, pasaría todo el fin de semana en la cama. ¿Qué te parece?

Si alguien le hubiera dicho un par de semanas atrás que estaría con Matt Conway en la cabaña de sus padres, se habría echado a reír. Sin embargo, allí estaba. Con Matt llevándola al dormitorio, Matt tumbándola sobre la cama, Matt haciéndole el amor hasta que las primeras luces del amanecer entraron por la ventana.

Increíble.

—¿En qué piensas? —preguntó él.

—En lo diferente que es mi vida desde hace una semana —contestó Emily, acariciando su barbilla—. Y lo inesperado que es todo esto.

—¿Inesperado malo o bueno?

—Bueno, muy bueno. Una pena que tenga que terminar.

—Quizá no tenga que terminar.

—Siempre seremos amigos, pero los dos sabemos que no puede ser más que eso.

—Podría serlo.

—¿Cuántas relaciones serias has tenido desde que te fuiste de Michigan?

—Ninguna —contestó él.

—¿Has tenido alguna relación seria en tu vida?

—No, pero eso no significa que no sea capaz. California es un sitio precioso para vivir, te gustaría —insistió Matt.

—¿Y el trabajo? El otro día dijiste que no tenías tiempo para relaciones serias.

—Puedo buscar tiempo.

—¿Cuánto tiempo? ¿Hablamos de un mes, de un año, de toda una vida? Siempre sentirás que te falta algo, Matt. Empezarás a trabajar doce horas al día otra vez… Yo me cansaría de estar sola y tú te cansarías de mis quejas y, al final, nuestra relación sería sólo una carga para ti.

Matt parecía dolido, pero Emily sabía que era una realidad. Aunque no quisiera admitirlo.

—No tiene por qué ser así.

—Yo también tengo sueños. Cosas que quiero hacer en mi vida. Y me estás pidiendo que lo sacrifique todo, que me vaya a un sitio donde no conozco a nadie, donde no estaría mi familia…

—Emily, yo puedo cuidar de ti. Puedo darte todo lo que quieras.

—Tu tiempo, Matt. ¿Puedes darme eso?

Él no contestó. Como esperaba, eso era más de lo que estaba dispuesto a dar.

Se quedó callada, con la cabeza apoyada en su pecho, escuchando los latidos de su corazón.

—Me estás pidiendo que sacrifique demasiado y, sin embargo, no estás dispuesto a darme nada a cambio. ¿Cuánto tiempo crees que duraríamos?

Matt la abrazó con fuerza.

—Haces que parezca imposible.

—Porque lo es. Ahora estamos juntos, vamos a disfrutarlo mientras dure. Es posible que dentro de unos días estemos cansados el uno del otro.

—A veces eres insoportable, Emily Douglas —murmuró él—. Y muy cabezota.

—Y tú eres machista y mandón.

Y perfecto también. Y nunca se cansaría de él. Pero algunas cosas eran sencillamente imposibles.

Se quedó dormida entre sus brazos, viviendo la segunda parte de una fantasía... exactamente lo que había deseado que pasara once años antes. Dormirse en los brazos de Matt. Sin padres, ni calendarios, ni negocios de los que preocuparse.

Durante todo el fin de semana, eran sólo ella y Matt.

Capítulo once

—¡EMILY, Matt! ¿Dónde estáis? Emily se incorporó de un salto, mirando alrededor. Acababa de tener una pesadilla. Había soñado que su madre la llamaba, que estaba en la cabaña...

Si sus padres la vieran en la cama con Matt se montaría una gorda. O peor, pensarían que eso significaba algo. Pensarían que Matt y ella estaban enamorados. Nada les gustaría más que tener a Matt Conway como yerno y media docena de niños como él corriendo por todas partes.

Si sus padres pensaran que podría haber algo entre ellos, los perseguirían hasta llevarlos al altar. Como fuera.

Eso sí que sería una pesadilla.

A su lado, Matt murmuró algo en sueños. Emily bostezó, apretándose contra él. Afortunadamente, estaban solos...

—¡Emily, Matt! ¿Estáis ahí?

Al oír la voz de su madre, Emily volvió a incorporarse de un salto, intentando taparse con la sábana. No era un sueño. Su madre estaba allí.

Murmurando un taco, saltó de la cama, cerró la puerta del dormitorio y se colocó a sí misma como barricada.

Aquello no podía estar pasando.

Matt estaba sentado en la cama, despeinado e increíblemente sexy.

—¿Qué pasa?

—Calla. No digas nada.

—Emily, ¿te encuentras bien? —oyeron una voz al otro lado de la puerta.

—Sí, mamá, es que... no estoy vestida.

—¿Dónde está Matt? Su coche está fuera, pero no lo encontramos por ninguna parte.

—Seguramente estará corriendo por ahí —contestó Emily—. Dame un minuto y te ayudaré a buscarlo.

—Esperaremos en el salón —dijo su madre.

—Supongo que ya no podemos hacer nada —murmuró Matt.

Emily se volvió.

—Tenemos que librarnos de ellos como sea.

Él se pasó una mano por el pelo.

—Muy bien.

—Tendrás que saltar por la ventana.

—¿Desnudo? Toda mi ropa está en la otra habitación.

—Ponte esto —dijo Emily, ofreciéndole la sábana.

Menuda forma de terminar la mejor noche de su vida.

—No pienso saltar por una ventana.

—¡Pero mis padres no pueden verte!

Ya lo sabía. Podía imaginar la escena: «sí, señora y señor Douglas, he violado su confianza y a su hija también. Su hija, de quien no estoy enamorado. Ah, por cierto, tengo que pedirles un favor».

—Llévalos fuera y finge que me estás buscando por la playa. Mientras vosotros estáis fuera yo me vestiré y me perderé por el bosque un rato.

—No sabes cómo siento todo esto —se disculpó Emily—. No quería que terminara así.

—Tú distráelos.

Emily se acercó para darle un beso en la mejilla.

—Te compensaré cuando se marchen.

Con una sonrisa que prometía que iba a cumplir esa promesa, Emily salió al pasillo.

Matt quería librarse de sus padres, pero no sin antes hablarles del local. Apoyando la oreja en la puerta, escuchó las voces de los Douglas, pero no podía oír lo que decían. Un minuto después, pensando que no había moros en la costa, corrió a su cuarto a vestirse. Pero cuando iba a abrir la puerta, Emily la abrió por él.

Matt se quedó parado, demasiado sorprendido como para decir nada.

—¿Lo veis? Ya os dije que había oído algo. Estábamos buscándote, Matt. ¿Qué tal el paseo?

—Pues... bien —tartamudeó él—. Estupendo.

—Aquí estás, Matt —sonrió la señora Douglas—. Estábamos preocupados por ti. Recibimos el mensaje diciendo que tenías que hablar de algo urgente, pero tenías el móvil apagado... y como tampoco podíamos hablar con Emily, pensamos que os habría pasado algo.

—Ty nos dijo que habíais venido aquí —dijo el señor Douglas.

—Y como Emily se niega a tener móvil —protestó su madre, fulminándola con la mirada.

—Siento que se hayan alarmado. Lo que tenía que hablar con ustedes es un asunto de negocios.

—Ah, cuánto me alegro —dijo la señora Douglas, abanicándose dramáticamente.

—¿Qué negocios? —preguntó el señor Douglas.

Emily tomó a sus padres del brazo y los llevó hacia el porche.

—¿Por qué no os sentáis un rato? Dentro hace mucho calor. Yo voy a preparar unos refrescos, ¿os parece?

Cuando sus padres estuvieron fuera, empujó a Matt hacia la cocina.

—Vaya, hemos estado cerca.

—¿Por qué los trajiste de vuelta? Casi no me ha dado tiempo a vestirme.

Ella abrió la nevera para sacar unas latas de refresco.

—Cuando íbamos hacia la playa recordé que nuestra ropa estaba en la orilla. Y, probablemente, también estará el envoltorio del preservativo. Casi me da un infarto.

Matt sacó cuatro vasos del armario.

—Siento haber causado este lío. Cuando llamé a tus padres, nunca imaginé que se preocuparían.

—Mi madre es la reina del drama. Pero no me habías dicho que tuvieras que hablar con ellos.

—¿Querías que hablásemos de negocios este fin de semana? —sonrió Matt.

—No, claro. Bueno, ¿nos vamos? —suspiró Emily, colocando los vasos en una bandeja.

—Cuanto antes terminemos con esto, antes estaremos solos —dijo él, esperanzado.

—Bueno, ¿de qué querías hablar? —preguntó su padre.

En un segundo, el comportamiento de Matt cambió por completo. De repente se puso serio, rígido. Era un hombre acostumbrado a hablar de negocios, pensó Emily.

—No sé si lo saben, pero han paralizado las obras del restaurante.

—¿Por qué? —preguntó la señora Douglas.

—Hay cierta gente en esta ciudad que no quiere que se abra. Gente que tiene algo contra mí. No les gusta que esté de vuelta en Chapel y hacen lo imposible para retrasar las obras. Y esta vez puede que hayan ganado.

Emily podía ver el dolor que sentía mientras les contaba su problema. No la sorprendía. Había mucha gente celosa de lo que Matt Conway había conseguido en la vida.

Le daba vergüenza admitirlo, pero también ella había sido una de esas personas.

—Así que ya ven —concluyó Matt—. Si tengo que tirar el restaurante y volver a empezar perderé muchísimo dinero. Además, los inversores están un poco nerviosos.

—Nosotros podríamos invertir algo —dijo el padre de Emily.

—No puedo pedirles eso. Sería un riesgo demasiado grande.

—Pero queremos ayudarte.

Emily podía ver un brillo de desesperación en los ojos de Matt y, de repente, entendió lo importante que era aquello para él. Tenía que conseguirlo por las mismas razones por las que ella quería abrir su propio negocio.

—Hay una manera muy simple de resolver esto. Podrían venderme el local que hay al lado.

Los padres de Emily se miraron y ella hizo una mueca. Matt estaba pidiendo algo imposible. Le habían prometido ese local a ella. Si no fuera el sitio perfecto, podría haberlo sacrificado, pero en Chapel ya había dos floristerías, ambas al otro lado de la ciudad, de modo que era imposible. Como hombre de negocios, Matt lo entendería.

Su madre se inclinó hacia delante y le dio un golpecito en la rodilla.

—Claro que te lo venderemos.

Emily estaba demasiado atónita como para decir nada. Debían haber olvidado que estaban guardando el local para ella. Ésa era la única explicación.

—Estupendo. Cuando acordemos el precio, le diré a mi abogado que se encargue de todo —estaba diciendo Matt.

Emily se aclaró la garganta.

—Un momento.

Todos los ojos se volvieron hacia ella.

—No podéis venderle el local a Matt. Me lo prometisteis a mí, ¿no os acordáis?

Los tres se quedaron en silencio y ella sintió pánico. No podía ser, no podían venderle

145

el local de sus sueños. No podían hacerle eso a su propia hija.

—Emily, cariño, sé razonable. ¿De dónde vas a sacar el dinero para abrir una floristería?

—Casi lo tengo todo. Sólo necesito seis meses más.

—¿En seis meses tendrás todo el dinero?

—Todo no, pero pediré un préstamo.

—Cariño —intentó razonar su padre, con el mismo tono que usaría para hablar con un niño temperamental—. No puedes ofrecer ninguna garantía, ningún banco te daría ese dinero.

Una bofetada no le habría dolido tanto.

—El local es la garantía, papá.

—Emily, sé razonable —intervino su madre—. En Chapel no hace falta otra floristería. Matt es un hombre de negocios y necesita ese local.

—Pero me lo prometisteis. Dijisteis que sería para mí.

—Pronto estarás casada y tendrás niños. No tendrás tiempo para trabajar. Y entonces, ¿qué pasará con tu tienda?

—Tu madre tiene razón, cielo. No es razonable. Tú no sabes llevar un negocio…

—¿Cómo que no? Tengo un título de Empresariales y llevo tres años dirigiendo el vivero.

—¿Y no está el vivero casi en la ruina? —replicó su madre.

Con esa acusación, el corazón de Emily se partió en dos. Lo que debería haber visto años atrás, estaba perfectamente claro ahora. Sus padres no confiaban en ella, ni la respetaban. Nunca habían pensado venderle el local.

Nada había cambiado. Durante toda su vida, lo único que habían hecho era intentar convertirla en la hija que habrían querido tener. Y ahora sólo la veían como una maquina que les daría nietos.

Se sentía completamente derrotada.

Emily se levantó, temblorosa.

—Espera, por favor...

Pero ella no esperó. Entró en su dormitorio y empezó a meter sus cosas en la mochila.

Matt apareció en la puerta de inmediato.

—Yo no sabía que quisieras ese local... No me habías dicho nada.

—Sí, es verdad, no te lo había dicho.

—Yo necesito el local, Emily. Si tengo que tirar el restaurante y levantarlo de nuevo perderé a mis inversores.

—Pues entonces deberías estar contento. Has conseguido lo que querías.

—Hay otros locales disponibles. Hablaré con mis abogados y...

—No hace falta, gracias. Me voy a mi casa.

—Emily, tienes que entender lo que esto significa para mí.

Lo que significaba para él, para sus padres... ¿y ella qué?

—Lo entiendo, Conway. Algunas cosas no cambian nunca.

\—Esto es culpa mía —Emily escondió la cara en el pecho de Alex, con los ojos llenos de lágrimas. Pensaba que había llorado todo lo que tenía que llorar durante el fin de semana, pero el lunes por la mañana seguía destrozada. Había llorado más en los últimos tres días que en toda su vida.

—No es culpa tuya —intentó consolarla él.

—Sí lo es. Debería haber hablado seriamente con mis padres hace años, debería haberme puesto seria...

—¿Y qué tiene que decir tu millonario de todo esto?

Matt no decía nada. Estaba tan obsesionado con abrir el restaurante que lo demás le daba igual. Ni siquiera su amistad era suficientemente importante. Eso le dolía, pero al mismo tiempo le daba pena. Matt era un alma perdida buscando su sitio. Como ella. Pero ningún restaurante iba a llenar el vacío de su vida.

Emily había pasado el fin de semana en casa de Alex, intentando olvidar sus penas. Cuando por fin salió de allí el domingo por la noche, Matt había dejado una docena de mensajes en su contestador. Pero los borró sin oírlos siguiera. Ya sabía lo que iba a decirle y no quería tener que escuchar otra vez lo importante que era ese restaurante para él.

—Matt siempre será Matt. Siempre intentará ganar más dinero, tener más éxito. No cambiará nunca.

—Estás enamorada de él —dijo Alex entonces. No era una pregunta, era una afirmación. Y Emily no podía negarlo.

—Quizá lo estoy. Quizá podríamos haber tenido una bonita historia, pero al final él tendrá que tomar una decisión y yo ya sé cuál es. A partir de ahora, no pienso comprometerme por nada. A partir de ahora, lo único que importa es lo que yo quiera.

—Tus padres tienen mucha suerte de tener una hija como tú. Si no pueden verlo, es su problema.

Emily le dio un beso en la mejilla.

—Si fueras heterosexual, te pediría que te casaras conmigo.

—Y yo te diría que no. Porque estás enamorada de otro hombre.

—A lo mejor no es tan malo que Matt siga adelante con su proyecto —dijo ella entonces—. Si no abriese el restaurante, perderíamos el contrato y ese contrato es fundamental para nosotros.

—Deja que yo me preocupe por el vivero durante algún tiempo, ¿de acuerdo?

—Pero después de lo que ha pasado, puede que no quiera trabajar conmigo. No ha firmado un contrato... ¿y si decide encargárselo a otro vivero?

—Eso no va a pasar, Emily.

—Pero no lo sabemos...

—Que yo sepa, no le ha pedido presupuesto a ningún otro vivero.

Capítulo doce

MATT miraba la pantalla de su ordenador, incapaz de concentrarse en nada. No había dormido en varios días. Su meticulosa vida estaba cayéndose a pedazos y, sin embargo, en lo único que podía pensar era en el daño que le había hecho a Emily.

Había ido a su apartamento cuatro veces, había dejado múltiples mensajes en su contestador, pero ella no daba señales de vida.

Había perdido. Ni siquiera sabía que aquello había sido casi como un juego para él. Un reto. ¿Podía ganarse a Emily? ¿Podía acostarse con ella?

Sólo cuando sus padres le ofrecieron el local que le pertenecía a ella, se dio cuenta de lo que estaba haciendo. Al principio, pensó que podría convencerla de lo importante que era ese restaurante para él, que Emily podría poner su tienda en cualquier otro sitio. Pero no era eso. Era otra cosa: respeto, fe, lealtad.

Nada de lo que él le había demostrado.

En su vida, jamás había visto a alguien más derrotado que Emily Douglas cuando sus padres dejaron claro lo que pensaban de sus sueños. No sólo eso, también la culparon por el desastre del vivero Marlette.

Matt sabía bien que Emily había hecho lo imposible para evitar que Marlette fuese a la bancarrota... pero estaba tan preocupado por el restaurante que no salió en su defensa. Y se odiaba a sí mismo por ello.

La había fallado. Su traición era igual que la de sus padres. No se merecía su amistad, pero daría lo que fuera por recuperarla. Si ella le diera otra oportunidad...

Entonces oyó un golpe en la puerta de su habitación y, enseguida, la voz de Emily:

—Matt, abre. Tengo que hablar contigo.

Matt saltó de la silla con tal rapidez que la tiró al suelo.

Emily estaba en el pasillo, muy seria, mirándolo de arriba abajo.

—Tienes un aspecto horrible.

Podría haberla besado... Entonces se percató de que tenía los ojos hinchados y la alegría de verla desapareció. Había estado llorando. Emily, que no lloraba nunca, se había llevado un disgusto tremendo.

Por su culpa.

—No puedo quedarme mucho rato, sólo quiero hacerte una pregunta.

—Dime.

—¿Es verdad que no te has puesto en contacto con otros viveros?

Cuando pensaba que las cosas no podrían ir peor...

—Sí, es verdad, pero...

—No me gusta darle pena a nadie, Conway.

—Yo no...

—Me gustaría poder decirte que te metas el encargo por donde te quepa, pero tengo una responsabilidad para con mis empleados.

—No lo he hecho por pena, Emily. Sabía que el vivero Marlette podría hacer bien el trabajo... Sí, sabía que estabais atravesando algunas dificultades económicas, pero también yo tengo una responsabilidad para con mis inversores. Si hubiera pensado que no podríais hacerlo, habría ido a otro sitio.

Ella lo fulminó con la mirada.

—Espero que eso sea verdad.

—Es la verdad... aunque ya da igual porque es posible que lo del restaurante no siga adelante.

—¿Qué quieres decir?

—¿No has oído mis mensajes?

—No, los borré sin escucharlos.

Matt sacudió la cabeza.

—La única solución es tirar la mayor parte del edificio y hacerlo más pequeño, pero a mis inversores no les hace ninguna gracia. Es una causa perdida.

—Pero teniendo el otro local...

—Si hubieras oído mis mensajes, ya lo sabrías. No voy a comprar el local.

Emily no podía creer lo que estaba oyendo.

—¿No vas a comprarlo? ¿Por que?

—Porque es tuyo.

—Pero ya oíste a mis padres... No quieren vendérmelo a mí, así que puedes comprarlo.

—No puedo hacer eso. Ya se lo he dicho, además. Y también les he dicho que deberían revisar su opinión sobre ti. Eres una buena profesional y ya es hora de que se den cuenta.

—¿Les dijiste eso de verdad?

—Sí.

—¿Y qué dijeron ellos?

Matt sonrió.

—Se quedaron sin palabras. Aunque tu madre farfulló no sé qué.

—Pero tienes que comprar el local —insistió Emily—. Ese encargo es importante para el vivero...

—¿Qué más te da? Tú podrás abrir tu floristería.

—¿Es que no lo ves? Si pierdo mi trabajo, no tendré dinero para abrir la floristería. Necesito seis meses más.

—Seguro que el banco te prestará ese dinero, no te preocupes.

Emily no sabía qué hacer. Por un lado, estaban sus sueños de tener su propio negocio, pero si Matt no podía abrir el restaurante... ése sería el final de Marlette.

—¿Por qué, Matt? ¿Por qué harías eso por mí? ¿Crees que me debes algo? No es así, no me debes nada. No me querías y ya está.

—¿Quieres saber por qué no te llamé nunca, por qué no volví a casa?

Ella asintió.

—Durante toda mi vida, lo único que quería era marcharme de aquí, empezar de nuevo en otro sitio, donde no fuera el hijo de unos alcohólicos. Entonces pasamos esa noche en el lago y... de repente, empecé a sentir algo por ti.

—¿Sentías algo por mí?

—Sí, sentía algo por ti —suspiró Matt, levantando la silla que había tirado—. Y eso me daba pánico. Empecé a pensar locuras, como por ejemplo quedarme en Chapel. Pero sabía que si lo hacía estaría tirando mi futuro por la ventana. Sabía que no era suficientemente bueno para ti...

—¿Por qué pensabas eso?

—Porque no tenía nada, no era nada. Tú te merecías algo mejor.

Los ojos de Emily se llenaron de lagrimas... Entonces lo supo, sin ninguna duda:

estaba enamorada de Matt. Esa revelación la llenó de alegría y tristeza a la vez, porque no había futuro para su relación.

Y aunque no pudiera decírselo, podría al menos demostrárselo, pensó.

Así que le echó los brazos al cuello, casi tirándolo al suelo, y buscó sus labios para besarlo con todo su corazón.

Matt pensó que no lo habían besado con tanto entusiasmo en toda su vida. Emily ponía en aquel beso toda su alma, y todo su cuerpo además.

Le gustaba tanto abrazarla; no querría soltarla nunca… aunque eso significara hacer sacrificios que nunca había pensado hacer.

Cuando por fin se apartaron, Emily tenía la cara roja del roce de su barba.

—¿Ése es el dormitorio? Pues vamos.

—Emily, necesito darme una ducha, tengo que afeitarme…

—La ducha —dijo ella—. Mejor todavía.

Cómo había pasado de querer matarlo a querer acostarse con él, era un misterio. Aunque Matt no se quejaba. Quería pasar el resto de la tarde con ella, perdido en aquel cuerpo tan precioso. Luego, por la noche, después de cenar en algún sitio bonito, quería volver a hacerlo todo otra vez.

Llevaba once años pensando en ella. Once años soñando con tocarla. Once años mirando a las mujeres que tenía en los brazos, deseando que fueran otra persona.

Que fueran Emily.

—Primero una ducha, luego un jacuzzi —dijo ella entonces, quitándose la camiseta. Sus pechos eran redondos, bronceados, con los pezones pequeños.

Y allí estaba, el piercing, el anillito de oro que tanto le gustaba, que tanto lo había torturado. Despertaba excitado pensando en eso desde que Emily le habló de él... incluso después de pasar la noche en la cabaña. Se había convertido en un fetiche.

Matt le bajó los pantalones y apretó la cara contra su vientre. Le encantaba su olor, la suavidad de su piel, cómo lo miraba, como si fuera el centro del universo. Aunque eso lo asustaba. ¿Y si volvía a defraudarla?

Emily lo abrazó y, durante unos segundos, se quedaron así. La necesitaba tan desesperada, tan completamente, que tenía miedo. No estaba acostumbrado a sentir eso por nadie. Era horrible y maravilloso al mismo tiempo.

—Debería afeitarme antes. No quiero hacerte daño.

—Me gustas así —dijo ella—. Tan sexy, tan peligroso.

—Te gustan las cosas peligrosas, ¿eh? —rió Matt, tirando del tanga. Ella lo miraba, como hipnotizada. El triangulo de vello entre sus piernas era pálido y suave al tacto.

Perfecto.

—Preservativos —dijo Emily de repente—. Dime que tienes.

—En el dormitorio —sonrió Matt—. Abre el grifo de la ducha, yo vuelvo enseguida.

Unos segundos después se reunió con ella... con varios envoltorios de preservativos en la mano.

—Misión cumplida. El resto de la caja está sobre el lavabo, por si acaso.

Cuando metió la cabeza bajo el agua, Emily pensó que parecía un modelo de la revista *Playgirl*. Y se preguntó qué hacía un hombre como él con una chica como ella. Una mujer con los pechos pequeños y las caderas un poco demasiado anchas. Sin embargo, la miraba con asombro, con admiración.

Y con deseo.

Con una sola mirada podía devorarla... como en aquel momento.

—Date la vuelta, voy a lavarte el pelo —dijo Emily.

—Nunca me han lavado el pelo.

—¿No vas a la peluquería?

—Sí, pero me lo lava un hombre. El mismo desde hace... diez años, creo.

—Eres un cliente muy leal.

Matt se encogió de hombros.

—Así, ¿ves que bien? Y ahora, el aclarado.

—¿Yo puedo lavártelo a ti?

—Enseguida. Date la vuelta, contra la pared.

—No irás a hacerme nada malo, ¿verdad?

—Lo intentaré todo... una vez —rió ella, apoyando la barbilla en su hombro—. ¿En qué estabas pensando?

—Si me quedase algo de sangre en el cerebro, podría responder a esa pregunta. Pero si dejas que me vuelva, te lo demostraré.

Emily sintió un escalofrío de anticipación.

—Aún no.

Entonces acarició los diminutos pezones masculinos, pellizcándolos ligeramente. Matt contuvo el aliento mientras ella enjabonaba sus hombros, asombrada de su tamaño. Millones de mujeres deseaban a aquel hombre que, en aquel momento, era suyo. En aquel momento, porque en un par de semanas se separarían de nuevo.

Y esperaba que aquella vez lo hicieran como amigos.

Quizá, si él se quedara en Michigan... Si ella fuera más importante que su trabajo...

Emily sacudió la cabeza. Eso no iba a pasar.

—¿Cuándo te lavo yo a ti? —insistió Matt.

—Pronto —le prometió ella, esperando que su voz no la delatara.

—Emily...

—Calla —lo interrumpió ella, deslizando la mano por su estómago, por el duro vello de su entrepierna...

Matt apoyó la cabeza en la pared.

—No te puedes imaginar cómo me gusta esto.

Emily lo exploró suavemente, sin tocar la parte que él deseaba que tocase hasta que, por fin, Matt no pudo más. La empujó contra la pared y buscó sus labios con rabia mientras ella le echaba los brazos al cuello, restregándose íntimamente contra su cuerpo.

—Necesitamos un preservativo —murmuró Matt sobre sus labios—. Ahora.

Apartándose, rasgó uno de los envoltorios con los dientes y se lo puso. Era magnífico. Todo en él era tan fuerte, tan masculino. Y tan grande.

—Me encanta esto —dijo él, inclinando la cabeza para jugar con el piercing.

De repente, las piernas no la sostenían, pero daba igual porque Matt la tomó en brazos. Emily enredó las piernas alrededor de su cintura, mirándolo a los ojos mientras la penetraba. Centímetro a centímetro, la fue llenando, la transición muy rápida porque estaba preparada. Y cuando llegó hasta el límite, se quedó parado, mirándola a los ojos.

Emily sabía que estaba pensando lo mismo que ella, que eran perfectos el uno para el otro. Y no sólo físicamente. Mental, intelectual, espiritualmente. Excepto por un problemilla: Matt estaba obsesionado por el trabajo y vivía a miles de kilómetros de allí.

De nuevo, empezó a sentir esa profunda tristeza, ese vacío al imaginar su vida sin él. Entonces Matt empezó a moverse, tiernamente, sin dejar de mirarla a los ojos. Era tan precioso, tan mágico... habría querido quedarse así para siempre.

—Emily, Emily...

Acabaron juntos, el orgasmo fiero e intenso. Se quedaron uno en brazos del otro hasta que a Matt empezó a dolerle la rodilla del esfuerzo. Cada vez que hacían el amor era más especial.

—Te duele la rodilla —dijo ella—. ¿Por qué no nos tumbamos un rato?

—Sí, por favor... Pero antes tengo que lavarte como tú a mí. Ponte contra la pared.

—¿Vas a hacerme algo malo?

—Desde luego que sí —rió él.

—Menos mal.

La lavó de arriba abajo, acariciando su espalda, su trasero, sus pechos con las dos manos... Emily estaba húmeda de nuevo y Matt supo que tenía que poseerla. Pero aunque le habría encantado, su rodilla no aguantaría el esfuerzo.

—Estaba pensando... sí, quizá ha llegado el momento de irnos a la cama.

—Muy bien —asintió ella, sin aliento—. Vamos.

Capítulo trece

CAYERON sobre la cama, empapados, riendo.

Durante unos minutos, sólo se besaron, algo que agradaba a Matt, porque nadie besaba como Emily. Luego sus manos empezaron a tomar vida propia y pronto sus bocas se unieron al juego. Se tocaron y besaron por todas partes.

Matt perdió la cuenta de cuántas veces habían hecho el amor, pero cuando finalmente tomaron un descanso, cuando estaba demasiado agotado como para hacer otra cosa, ella se sentó sobre la cama, con los ojos brillantes, adorablemente despeinada y dijo:

—Estoy muerta de hambre. ¿Quieres que salgamos a comer algo?

Él levantó la mirada y pensó: «Gracias a Dios que existe el servicio de habitaciones». Sólo un incendio lo sacaría de allí.

—Hay una carta al lado del teléfono. Pide lo que quieras.

Emily pidió sándwiches y un par de cervezas y luego se tumbó a su lado de nuevo. No hablaron, se quedaron en silencio, pensativos. Matt se preguntó cómo sería la vida sin aquello... era una idea angustiosa.

Si no iba a construir el restaurante, no tenía razones para quedarse en Michigan. Tendría que volver a casa.

La idea de volver a Los Ángeles le resultaba insoportable. Lo que tenía allí no era una vida. Nunca se había sentido más vivo, más completo, que esos días con Emily. Donde debía estar era en Chapel, con ella. Aquél era su hogar.

Lo que no había reconocido hasta entonces era obvio para él en aquel momento. Ningún restaurante, ningún negocio podría llenar ese vacío. Lo que faltaba en su vida, lo que había faltado durante todos esos años era ella.

Y la amaba. En el fondo, siempre lo había sabido... aunque salió huyendo.

La huida terminaba allí. Aquel día había dejado de correr.

—Emily, yo... —Matt fue interrumpido por un golpe en la puerta—. Será el servicio de habitaciones. Espera un momento.

Mientras se ponía unos vaqueros volvieron a llamar, con más insistencia aquella vez.

—¡Espere un momento!

Matt cerro la puerta que comunicaba el dormitorio con el salón.

—¡Ty!

—Lo tengo.

—¿Qué?

—El informe del detective privado. Lo que necesitaba sobre el novio de Emily.

—Mira, éste no es el momento...

—La está engañando —lo interrumpió su amigo—. Con un «hombre».

Matt miró las fotografías que llevaba en la mano.

—Ya no tienes que intentar seducir a mi hermana.

Él hizo una mueca. Afortunadamente, Emily no podía oír la conversación.

—Ty, yo no...

—Mis padres y yo no sabemos cómo darte las gracias por ayudarnos. Cuando le enseñemos estas fotografías a Emily, no tendrá más remedio que dejar a ese tipo. Voy a llevarlas a casa ahora mismo.

—No vas a llevar esas fotografías a ningún sitio.

Los dos se volvieron. Emily estaba en la puerta.

—Podrías haberme dicho que mi hermana estaba aquí —protestó Ty.

—Si te hubieras callado un segundo, lo habría hecho.

—Tengo una idea. ¿Por qué no os calláis los dos? —les espetó Emily, furiosa—. Dame ese sobre, Ty.

—Lo siento, cariño —empezó a decir su

hermano—. Se te pasará. Alex no te merece. Además, ahora tienes a Matt...

—No, no lo tengo —dijo ella, rompiendo las fotografías.

—¡Oye!

—No puedo creer que hayas pagado a un detective para que vigilase a Alex. Has hecho muchas estupideces en tu vida, pero ésta se lleva la palma. ¿Hay más fotos?

—No, las he traído todas. Pero romperlas no cambiará nada, Emily. Tienes que romper con Alex.

—Ty, eres un idiota. Alex no es mi novio, ni lo ha sido nunca.

—Pero tú dijiste...

—Yo nunca dije nada. Vosotros queríais creer que era mi novio y yo nunca os di explicaciones.

—Pero...

—Vete a casa, Ty. Matt y yo tenemos que hablar. No le digas nada a nadie sobre esto, ¿de acuerdo?

Su hermano asintió, sorprendido.

—Muy bien. Pero después de hablar con papá y mamá, vas a tener que explicarme a mí un par de cosas.

—Yo no tengo que explicarte nada —suspiró ella, cansada—. Y ahora vete, por favor.

Matt la había visto enfadada otras veces, pero nunca así. Sus ojos se habían vuelto del azul de su Mustang del 65 y casi podría jurar que le salía humo de las orejas.

—Dame una oportunidad para explicarte...

—Ya conoces a mi familia, cómo controla mi vida. ¿Y los estabas ayudando? ¿Fingiendo que estabas interesado por mí? Mi hermano ha dicho que ya no tenías que seducirme. ¿Qué pasa, ahora es tu chulo?

—No es eso, Emily. Habría intentando conquistarte de todas formas —intentó explicar Matt, aunque la explicación sonaba absurda incluso para él—. No podría haberme apartado de ti.

—¿Y se supone que debo creer eso?

—He cometido un error, lo admito. Pero tus padres y Ty estaban muy preocupados y me pidieron que los ayudase... ¿Qué querías que hiciera?

—Decirles que no.

—¿Cómo iba a hacer eso? Si no fuera por ellos, no estaría aquí ahora.

—¿Se te ocurrió contármelo a mí, Matt? ¿A quién estabas protegiendo?

—A tus padres y a tu hermano —admitió él—. Tenía miedo de que te enfadaras conmigo.

—Pues tienes razón, estoy enfadada.

—Ayudándolos pensé que te ayudaba a ti.

—No, Matt, a la única persona que estabas intentando ayudar era a ti mismo. Así ha sido siempre. Aunque yo no lo he visto hasta ahora.

Emily se volvió entonces. La estaba perdiendo.

—¡Espera! Ahora sé lo que es... lo que faltaba en mi vida. Eres tú. Eres tú quien hace que me sienta completo. Estoy enamorado de ti, Emily.

Ella se quedó muy quieta un momento. Y luego se volvió, con los ojos llenos de lágrimas.

—Lo triste de todo esto es que yo también te quiero, Matt.

Luego desapareció.

Matt estaba en el local, viendo al equipo de demolición.

—Se le pasará —dijo alguien a su lado. Era Ty—. ¿Piensas abandonar ahora?

Él se encogió de hombros.

—No tengo elección. Los inversores se han echado atrás y no puedo arriesgarme yo solo. Aunque lo raro es que me siento aliviado. Abrir un restaurante aquí habría sido un error. Lo sabía desde el principio, pero...

—Matt, no estaba hablando del restaurante.

—Ya lo sé.

—Volverá, no te preocupes.

—No lo creo —suspiró él, metiéndose las manos en los bolsillos—. Y no puedo culparla si no vuelve a dirigirme la palabra. He metido la pata hasta el fondo.

—Pero mi hermana siempre te perdona. Esto ha sido culpa mía, además. No debería haber metido las narices en esto. Debería haber dejado que la naturaleza siguiera su curso...

—¿Quieres decir que sabías...?

—¿Que había algo entre vosotros? Pues claro. Habéis sido como siameses desde los ocho años. ¿Sabes los celos que tenía de mi hermana? Era como si formarais parte de un club secreto en el que yo no podía entrar.

—Sólo éramos amigos —dijo Matt. Hasta la noche del lago, al menos.

—Cuando te fuiste a la universidad, mi hermana se quedó hecha polvo. Imaginé que había pasado algo, pero no había forma de que soltase prenda. Le dije muchas veces que fuera conmigo a California, pero se negaba...

Matt no podía creer lo que estaba oyendo.

—¿Estás diciendo que lo habías preparado todo?

—Más o menos.

—¿Y el novio? ¿También era parte del plan?

—No, eso era de verdad. Yo no sabía que no eran novios. Lo que sí sabía era que algo no iba bien, porque Emily no era feliz.

—¿Y lo de las drogas?

Ty carraspeó.

—No, eso me lo inventé. No parecías muy dispuesto a cooperar, así que tuve que darte una buena razón.

Matt sacudió la cabeza.

—Y yo me lo tragué todo.

—Sí, eres bastante crédulo. Por cierto, he hablado con mi hermana.

—¿Y sigues vivo?

—Le he contado la verdad, que estaba cansado de veros a los dos tan infelices, que os quiero mucho y que tenía que hacer algo.

—¿Y qué ha dicho ella?

—Me ha dado un puñetazo. Y luego, un abrazo.

En el aparcamiento del restaurante oyeron un ruido y Matt vio que la bola de demolición estaba colocada para empezar su tarea.

—Bueno, ya está.

—¿Vas a dejar que lo tiren? ¿Vas a dejar que ganen?

—No tiene nada que ver con ganar o perder. La verdad es que me da igual. Sé lo que he conseguido en la vida y eso es lo único que importa.

—¿Y qué piensas hacer ahora? ¿Abrir otro

Touchdown en otro sitio?

—No, estoy pensando vender la cadena. He tenido un par de ofertas decentes... Puede que me tome unas largas vacaciones. Pero la idea de irme solo... —Matt sacudió la cabeza, incapaz de seguir hablando. No quería irse sin Emily.

Ty le puso una mano en el hombro.

—Dale un poco de tiempo.

El capataz advirtió por el megáfono que iba a empezar la demolición y Matt echó una última mirada al edificio antes de que cayese la bola.

—¿Estamos tan mal? —preguntó Alex.

—Si hacemos un esfuerzo, podemos llegar hasta el final del verano.

—Qué rollo.

—¿Qué rollo? —repitió Emily, incrédula—. ¿Te digo que estamos al borde de la ruina y lo único que se te ocurre decir es «qué rollo»?

—Lo has intentado todo, cariño. Déjalo.

—No me puedo creer que te lo tomes así.

—Y yo no puedo creer que te siga importando. Tus padres te van a vender el local, podrás abrir la floristería...

—Sí, ya.

—No pareces muy contenta.

Debería estar loca de alegría. Sus padres iban a poner el local a su nombre y eso significaba que, por fin, la tomaban en serio. El banco estaba considerando darle un préstamo, pero ya le habían dicho que teniendo el local como garantía no habría ningún problema. Lo tenía todo; todo aquello por lo que había trabajado tanto. Y, sin embargo, no sentía satisfacción alguna.

Al principio culpó a Matt de eso. Pero después de hablar con Ty por la mañana no podía seguir haciéndolo. El pobre Matt era tan leal a su familia que pensó que les estaba haciendo un favor. Aunque ella habría agradecido que le dijera la verdad.

Quería odiarlo por lo que había hecho, pero no era capaz.

Y si Matt no era el problema, ¿por qué no se sentía satisfecha ahora que había conseguido lo que quería? Entonces se dio cuenta de que lo que le dolía era dejar Marlette. Aunque a veces era frustrante, le gustaba mucho su trabajo. Trabajaba muchas horas, no sólo por el dinero, sino porque se sentía orgullosa de dirigir el vivero y le dolía que Alex tuviera que cerrar.

Aunque a él parecía darle completamente igual.

—Si pudieras tener cualquier cosa que

desearas, —dijo Alex entonces— ¿qué sería?

—Me gustaría tener un vivero como Marlette.

—¿Si pudieras comprar Marlette lo harías?

Eso era un sueño.

—No puedo permitírmelo. Y aunque pudiera, estaría en la ruina en menos de un año. No tenemos clientes.

—¿Y si tuvieras clientes?

—Alex, los dos sabemos que lo hemos perdido casi todo este año. No hay garantías.

—¿Y si las hubiera? —insistió su amigo.

—¿Quieres hablar claramente? Me estás poniendo nerviosa. ¿Tú sabes por qué hemos perdido clientes?

—Piénsalo, Emily. ¿Cómo sabía yo que nuestro millonario no había solicitado más presupuestos? ¿Quién tenía acceso a la información de las carteras de clientes de otros viveros?

—¿Eras tú? —exclamó Emily, atónita—. ¿Eras tú el que pasaba información?

—No puedo creer que no lo hayas adivinado antes.

—Pero... ¿por qué? Yo me he dejado los ojos en esta oficina...

—Es más fácil comprar un negocio cuando está a punto de declararse en quiebra. Mi madre está harta y quiere vender. Te llevas una ganga.

—¿Yo?

—Sí, tú. Tú vas a comprar Marlette.

—¿Estás diciendo que has dejado que este negocio vaya a la ruina para que yo lo comprase?

—Ya te dije que no soy tan incompetente como creías.

—¿Estás loco? ¿Y qué vas a hacer ahora? ¿Dónde vas a trabajar?

—En cualquier otro sitio. Sinceramente, yo odio el vivero. La única razón por la que he seguido aquí eres tú, pero ya estoy cansado. Quiero probar otras cosas.

Emily no sabía qué decir.

—Pero esto no es justo para tu madre…

—Mi padre le dejó una fortuna, no te preocupes. No le faltará dinero.

—Pero, ¿y los clientes?

—Tengo una docena de clientes nuevos para la primavera. ¿Qué dices?

—Sí —contestó Emily, sin pensar. Luego se tapó la boca con la mano para contener una carcajada—. Sí, lo compro.

—Se lo diré a mi madre para que empiece con el papeleo.

Iba a ser la propietaria del vivero Marlette. Podría llamarlo vivero Douglas o lo que quisiera. Sería suyo, todo suyo. Estaba deseando contárselo a Matt...

Y en ese momento, la burbuja se rompió. No volvería a ver a Matt. Ni siquiera como amigos. Era mejor cortar toda relación. Aunque pudiera perdonarle, y no estaba segura de poder hacerlo, no había futuro para ellos. Ella tenía su negocio en Chapel, él en California. El negocio lo era todo para Matt Conway y ella siempre se sentiría como un segundo plato.

Estaba harta de comprometerse, de ceder. Por una vez en su vida, iba a ser la número uno.

Pero no tenía tiempo de seguir pensando en ello. Tenía que comprar un vivero. A partir de aquel día, Matt Conway estaba fuera de su vida.

—Tengo que llamar a mis padres para decirles que no necesito el local... ¡Oh, no! —gritó Emily entonces.

—¿Qué? —exclamó Alex, asustado.

—¡El local! No lo necesito. Dios mío, ¿qué hora es?

—Las tres y cuarto...

Emily buscó su bolso a toda prisa.

—Tengo que detenerlos.

—¿A quién?

—¡Al equipo de demolición! Van a tirar el restaurante de Matt. ¡Pero ahora Matt puede comprar el local! ¿Dónde están las llaves de mi furgoneta?

Alex sacó las llaves de su coche.

—No sé de qué estás hablando, pero suena muy emocionante. Vamos, yo te llevo.

Capítulo catorce

LLEGARON demasiado tarde.

Touchdown había desaparecido cuando llegaron al solar. Lo único que quedaba era un enorme montón de piedras, polvo y vigas de madera.

—Qué pena —suspiró Alex.

—Te has perdido el espectáculo.

Ty se había acercado a ellos, con cara de pocos amigos.

—¿Cuándo lo han tirado?

—A mediodía.

—¿Y cómo se lo ha tomado Matt?

—¿Por qué no se lo preguntas tú misma? Está en el hotel, haciendo las maletas.

A Emily se le encogió el corazón al pensar en Matt marchándose de Chapel para siempre.

Se había terminado, tuvo que recordarse a sí misma. Él no podía quedarse y ella no podía irse a California. No había esperanzas.

—Bueno, ¿qué tal, Alex? —preguntó Ty.

—Regular. Ha habido momentos mejores.

—¿Así que eres gay?

—¿Por qué lo preguntas, estás interesado?

Ty dio un paso atrás y Emily tuvo que morderse los labios para nos soltar una carcajada.

—Genial, un homófobo —suspiró Alex—. No te preocupes, chico, mi corazón le pertenece a otro.

—Compórtate, Alex —rió ella, volviéndose hacia su hermano—. ¿Cuándo se marcha Matt?

—No se marcha.

—Pero si acabas de decir que estaba haciendo las maletas...

—Para irse a la casa que ha alquilado.

Emily se sintió mareada, como si el mundo hubiera empezado a girar al revés.

—¿Una casa, en Chapel?

—Eso es. Ha decidido quedarse en Michigan durante algún tiempo.

«No quiere decir nada», se dijo a sí misma. Algún día se marcharía. Tenía su negocio en California.

—Incluso ha hablado de vender la cadena de restaurantes para tomarse unas largas vacaciones —dijo su hermano entonces.

—Ah —Emily intentó tragar saliva, pero no tenía.

—¿Sólo puedes decir eso? ¿No crees que ya le has torturado suficiente? Matt necesita una razón para quedarse. Te quiere, Emily.

—Pero, ¿y si decide volver a California? ¿Entonces qué?

Ty se encogió de hombros.

—Bueno, ya lo arreglaréis.

—Aunque me duele decir esto, estoy de acuerdo con tu hermano —intervino Alex—. Al menos, ve a hablar con él.

Matt podría no volver a Los Ángeles. Podría vender la cadena de restaurantes. Podría quedarse en Michigan. Le había dicho que la quería, que ella era lo que faltaba en su vida.

¿El mensaje podía estar más claro?

—Alex, necesito las llaves de tu coche.

Matt soltó las maletas en la puerta y miró alrededor. Un coche de alquiler, una casa alquilada... necesitaba algo permanente en su vida. Al día siguiente compraría un coche. Y si alguien le daba una razón para quedarse en Michigan, construiría su propia casa. Una casa que no fuera una mansión.

Aquella casa no estaba mal. Cuando llegasen los muebles, quedaría estupenda.

—Un poco pequeña, ¿no?

Matt se volvió, con el corazón acelerado. Emily estaba en el porche, con una planta en la mano.

—¿Te parece pequeña? —repitió, señalando la chimenea de piedra que separaba el comedor del salón.

—Por favor, yo tengo armarios más grandes que esto.

¿Un armario de mil metros cuadrados? Ni siquiera él tenía armarios tan grandes.

—Esto es para ti —dijo Emily entonces, ofreciéndole la planta—. Me han dicho que vas a quedarte en Chapel durante un tiempo y he pensado que te haría compañía. Ya sabes, puedes hablar con ella...

Matt dejó la planta en el suelo.

—Gracias.

—De nada.

—Ty me ha dicho que has hablado con tus padres. ¿Qué tal?

—Han prometido no volver a meterse en mi vida. Puede que tarden algún tiempo, pero creo que al final la cosa saldrá bien —murmuró Emily, mirando alrededor—. ¿Todo está pintado de beige?

—Sí, las casas de alquiler son así. Pero como no creo que me quede aquí para siempre, no voy a pintarla. He firmado un contrato de tres meses.

—Tres meses, ¿eh? ¿Y luego volverás a California?

—Quizá sí, quizá no. Depende de si tengo una razón para quedarme.

—¿Un trabajo?

—Quizá.

—Me han dicho que buscan camareros en la heladería de la calle Mayor.

—Ah, qué bien. Eso suena interesante.

—Por supuesto, es sólo un trabajo de temporada. Cierran en invierno.

Sonriendo, Matt dio un paso hacia ella.

—Yo estaba pensando en algo más duradero. Algo que tenga un componente emocional.

—Podrías comprar un perro.

—Sí, podría hacerlo —dijo él, tomándola por la cintura—. O podría casarme.

—También.

—Y quizá tener un par de niños.

—No sé yo…

—No ahora mismo, claro.

—O sea, que no estoy confundida. Estás hablando de nosotros, ¿verdad? —sonrió Emily—. Porque me voy a sentir fatal si ahora sale una modelo de la cocina.

—Estoy hablando de nosotros.

—¿Y Los Ángeles?

—No me apetece volver a California. Todo lo que quiero, lo que siempre he querido, está aquí, en Chapel.

—Pensé que odiabas este sitio.

—Sí, lo odiaba, pero es mi casa. Voy a quedarme y si a alguien no le gusta, peor para él.

Emily apoyó la cabeza en su pecho.

—Yo tengo que pensar en mi negocio. Por cierto, estás mirando a la futura propietaria del vivero Marlette.

—Felicidades.

—Estaré muy ocupada, así que lo de los niños tendrá que esperar.

—Si tuviéramos niños, yo podría quedarme en casa con ellos. Al menos, durante un tiempo.

Emily arrugó el ceño.

—¿Tú? ¿No piensas trabajar?

—En un par de semanas, Touchdown le pertenecerá a otra persona. Estamos negociando el contrato ahora mismo. He pensado que ya era hora de hacer algo diferente. Algo que exija menos tiempo. Tengo dinero, lo mínimo que puedo hacer es disfrutarlo, ¿no te parece?

—¿Y qué te gustaría hacer?

—Tengo un título en Educación Física y me han dicho que el entrenador del instituto está a punto de retirarse. La verdad es que echo de menos el fútbol, así que podría solicitar el puesto.

—¿Entrenador de fútbol?

—¿No te gusta?

—Creo que serías un gran entrenador —sonrió Emily—. Serías bueno en cualquier cosa porque eres ese tipo de persona. Todo lo haces bien.

Matt esperaba ser suficientemente bueno para Emily, para hacerla feliz. Aquello era nuevo para él y no quería meter la pata.

—No puedo prometer que no vaya a herir tus sentimientos otra vez, aunque lo haga sin querer. Voy a cometer errores, cariño.

—Y yo no puedo prometer que no vaya a hacerte dormir en el sofá, pero al final te perdonaré —Emily levantó la mirada y Matt vio el futuro en sus ojos azules—. Siempre te perdonaré porque te quiero con toda mi alma.

—Yo también te quiero, amor mío.

Matt levantó su barbilla con un dedo y procedió a besarla con toda la pasión que llevaba guardada dentro.

«Esto era», pensó, saboreando la dulzura de su boca. Emily era suya para siempre. Por fin lo había encontrado, aquel sentimiento de felicidad que buscó siempre.

Resultaba difícil creer que había estado esperándolo todo el tiempo en los brazos de Emily Douglas.